武藤清吾

芥川龍之介の童話

神秘と自己像幻視の物語

翰林書房

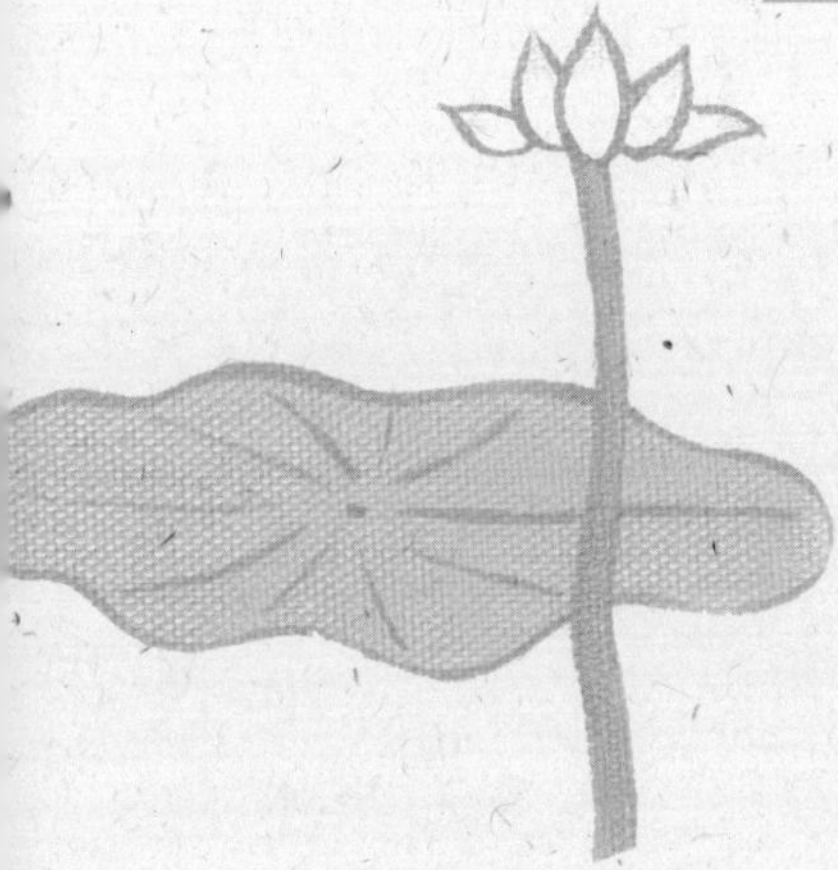

芥川龍之介の童話——神秘と自己像幻視の物語——◎目次

はしがき　6

序　章　芥川龍之介の童話と少年少女向け小説

一　読みつがれる芥川龍之介の童話　10

二　神秘への関心と自己を問うこと　16

補論　青少年読書感想文全国コンクールに見る芥川龍之介　22

第一章　芥川龍之介と神秘

一　芥川龍之介の幼少年期と神秘　30

1　幼少年期の神秘への関心　30

2　『椒図志異』と「今昔物語鑑賞」　34

二　妖変ブームと心霊学、神秘主義　42

1　妖変ブーム　42

2　心霊学の広がり　47

三　芥川龍之介と海軍機関学校　50

1　海軍機関学校　50

2　「保吉の手帳から」　53

第二章　童心と神秘――芥川龍之介と北原白秋――
一　白秋の芥川龍之介への影響　64
二　『赤い鳥』における龍之介と白秋　67
1　白秋の童謡と龍之介の童話「犬と笛」　67
2　龍之介と『赤い鳥』　71
3　「なぜ」の問い　78
三　白秋の童謡論と龍之介　81
1　白秋の『童謡私観』　81
2　白秋の「童心」と龍之介　95

第三章　芥川龍之介が描いた少年少女
一　少年少女を描いた作品と童話　100
二　「トロッコ」の少年　103
三　「少年」における追憶の形式と神秘　108

第四章　芥川龍之介童話の成立とその本質
一　自己の分裂と統合の物語と神秘　118
1　「蜘蛛の糸」――不可解な現実をうまく理解できない自己の物語　119
2　「犬と笛」――自己の分裂と統合の物語　127

二　もうひとりの〈わたし〉と出会う物語　129
1　「魔術」――もうひとりの〈わたし〉と出会う物語　129
2　二つの「仙人」と「女仙」　136
3　「杜子春」――もうひとりの〈わたし〉と出会う物語　144
4　「アグニの神」――催眠現象と自己の分裂　150
5　「三つの宝」――自己とは何かを問う物語　154
6　「白」――白い〈わたし〉と黒い〈わたし〉の物語　161
三　ドッペルゲンゲルの軌跡と童話の神秘　166

終　章　芥川龍之介童話の提示したもの

主要参考文献　178
付表1　芥川龍之介全小説・童話とその時代　185
付表2　全国読書感想文コンクール受賞者一覧（芥川龍之介の童話と小説関係分）　195
初出一覧　211
あとがき　212

【凡例】

・本書における芥川龍之介の小説、童話、随筆、書簡などは『芥川龍之介全集』(岩波書店、一九九五・一一・八〜一九九八・三・二七)による。引用文中には、現代の目から見て人権上穏当を欠く表現が一部あるが、発表当時の時代の反映及び著者の見解と捉えて、原文のままとした。

・表記は、原則として現代仮名遣いに改めた。また、旧字体は適宜新字体に改めた。引用文のルビは、読解上必要な語にかぎり、そのほかは省略した。

・著書と雑誌名は『 』、作品名、論文名は「 」で表記した。ただし、引用文中は、このかぎりではない。文献名は、著者、文献、収録誌、出版社、出版年月日の順に記載した。

・人名については、ご存命の区別なく敬称を省略した。

・注釈は各頁末に置いた。引用参考文献は、その都度提示した。そのうち主要な参考文献は、注釈では触れなかった文献も含めて、本書末尾に「主要参考文献」として掲出した。

・元号併記は、煩わしさを避けるため本文中のみとした。

・引用にあたり、段落改行部からの引用の場合は冒頭を一字下げとし、段落途中からの引用の場合は一字下げとしなかった。

はしがき

芥川龍之介は、菊池寛が創刊した『文藝春秋』の冒頭に「侏儒の言葉」と題した連載を始めた。創刊号（一九二三・一・一）に寄せた「侏儒の言葉」の見出しは「星」であった。龍之介は、星の生成流転について次のように書いている。

ヘラクレス星群と雖も、永久に輝いてゐることは出来ない。何時か一度は冷灰のやうに、美しい光を失つてしまふ。のみならず死は何処へ行つても常に生を孕んでゐる。光を失つたヘラクレス星群も無辺の天をさまよふ内に、都合の好い機会を得さへすれば、一団の星雲へと変化するであらう。

そして、その「宇宙の一点の燐火に過ぎない」太陽の下にある「我我」も生死を循環しているのだと語り、正岡子規『竹の里歌』の「真砂なす数なき星のその中に吾に向ひて光る星あり」を引いて「星も我我のやうに関する」と書いている。星群が象徴として用いられ、宇宙の視点から私たちの生死が描かれていて説得的である。

龍之介は、「侏儒の言葉」にかぎらず、その作品の多くに象徴の手法を用いた。その要因のひとつは童話への関心にある。龍之介は、幼いころから巌谷小波の『日本昔噺』『少年世界』を熱心に読み、『日の出界』などの回覧雑誌で創作を始めていた。彼が押川春浪の冒険物語をはじめ国内外の少年向け物語を読んでいた時期は、子どもの読みものの世界がお伽噺から童話へと変貌していくころと重なっていた。「童話と童謡を創作する最初の文学的運動」である『赤い鳥』の創刊は、童話の新しい解釈を確立した。『赤い鳥』の創作童話は、象徴と語りをその個性として輝かせていたのである。それらは一九世紀後半から翻訳文学の影響も受けた活発な創作にすでに胚胎していたものの集大成であった。龍之介もその読書経験をとおしておのずと童話の要素を吸収していくことになった。

龍之介の象徴は、「ひよつとこ」の面、「羅生門」の門、「鼻」の内供の鼻に始まり、童話でも、「蜘蛛の糸」の糸、「犬と笛」の笛と続いていく。語りでは、龍之介の世界は、声が発せられる瞬間に物語が大きく動くことを特徴としている。声の文学である。語り手の語りとともに、登場人物の声の語りが効果的である。「羅生門」の「おのれ、どこへ行く」、「杜子春」の「お母さん」などがすぐ思い浮かぶ。

龍之介は、鈴木三重吉の依頼で『赤い鳥』創刊号に「蜘蛛の糸」を寄せ、その後「犬と笛」「魔術」「杜子春」「アグニの神」「三つの宝」「仙人」「白」「女仙」の童話を発表した。わずか九篇であった。しかし龍之介がこれらの童話にこめた思いは深かった。本書のタイトルを『芥川龍之介の童話』としたのは、そうした事情からである。

龍之介自死後に刊行された『侏儒の言葉』（文藝春秋社出版部、一九二七・一二・六）に掲載された序文には次のようにある。

「侏儒の言葉」は必しもわたしの思想を伝へるものではない。唯わたしの思想の変化を時々窺はせるのに過ぎぬものである。一本の草よりも一すぢの蔓草、――しかもその蔓草は幾すぢも蔓を伸ばしてゐるかも知れない。

本書は、その蔓草の一つに触れただけのものにすぎない。芥川龍之介の童話に関するささやかな研究報告である。みなさまのご批評を賜ることができれば幸いである。

序章　芥川龍之介の童話と少年少女向け小説

一——読みつがれる芥川龍之介の童話

龍之介の九篇の童話

芥川龍之介は、一九一四（大正三）年の「老年」（第三次『新思潮』）以来、一九二七（昭和二）年の自死までの十四年間に、小説、童話、戯曲など百三十篇近くの創作を残した。そのなかに、「蜘蛛の糸」「犬と笛」「魔術」「杜子春」「アグニの神」「三つの宝」「仙人」「白」「女仙」の九篇の童話が含まれている。龍之介には、このほかに未完の二つの童話（「三つの指環」「白い小猫のお伽噺」）もあり、「トロッコ」「蜜柑」「少年」など少年少女を登場人物とする小説も十篇に及んでいる。以下、彼の童話と少年少女を描いた作品の初出を並べてみる。

一九一八（大正七）年　七月　○蜘蛛の糸（赤い鳥）
一九一九（大正八）年　一月　○犬と笛（赤い鳥）
　五月　私の出遭つた事（のちに「蜜柑」「沼地」、新潮）
一九二〇（大正九）年　一月　葱（新小説）
　○魔術（赤い鳥）
　七月　○杜子春（赤い鳥）
　八月　捨児（新潮）
一九二一（大正一〇）年　一月　○アグニの神（赤い鳥）

一九二二（大正一一）年　一月　将軍（改造）
二月　○三つの宝（良婦の友）
三月　トロッコ（大観）
四月　○仙人（サンデー毎日）
九月　おぎん（中央公論）
一〇月　百合（新潮）
一九二三（大正一二）年　八月　子供の病気（局外）
○白（女性改造）
一九二四（大正一三）年　一月　伝吉の敵打ち（サンデー毎日）
四月　少年（中央公論）
一九二七（昭和二）年　六月　○女仙（少年少女譚海）
＊括弧内は初出誌名。○が童話。この他、龍之介には未完の二つの童話（「三つの指環」「白い小猫のお伽噺」）がある。

これらの多くは、一九一八（大正七）年から一九二四（大正一三）年にかけて発表されたものである。龍之介の作家活動としては、その中期にあたる。この時期は、海軍機関学校の嘱託教授を辞し大阪毎日新聞社社員となって創作に専念できたときであった。また、一九一八年には新婚生活が始まり、まもなく長男比呂志、次男多加志が生まれ、家庭でも幸せな日々が続いていた。一九二二（大正一一）年末から体調を崩しがちになったことを考えると、龍之介にとって最も精神的に安定した時期であったと言える。そのことが創作にも反映され、完成度の高い作品が次々と発表されていった。

童話の大半も、この時期に『赤い鳥』『良婦の友』『サンデー毎日』などの童話雑誌、一般誌に発表された。龍之介が書いた童話の数は同時代の作家と比較してもけっして多くはない。一九二〇年代前後は、のちに「児童文学の黄金期」と呼ばれる時代であった。当時の作家たちの多くが小説だけでなく童話も書いており、その背景には、それらの作家が幼少年期にお伽噺や童話を読んで小説の世界に身を置くようになったことがある。また、小説を書いていた作家がときには童話作家となっていったことや、同人雑誌などで鍛錬を積んだ専門の童話作家が輩出し始めたことも「児童文学の黄金期」を形成する要因であった。そうした時代背景を考えると、龍之介が書き残した九篇の童話という数自体は少数の部類に入るであろう。しかし、龍之介の童話が、彼が作家としての資質を縦横に発揮した時期にとどまらず、二一世紀初めの現在まで、国内外で高い評価を得て、少年少女から大人までの幅広い層に読みつがれてきたことは重視してよい。日本にその内容と形式が定着した一九一〇年から二〇年代の童話のうちで、何世代にもわたって読みつがれている数少ない童話なのである（本章末「補論　青少年読書感想文全国コンクールに見る芥川龍之介」参照）。

なお、「女仙」については、これまで一九五四年版『芥川龍之介全集』の「作品年表」に、初出は「昭和二年六月「譚海」（推定）」とするが、「初出未見の状態が続いている」とされてきた。そのため、龍之介の童話は八篇として論じられてきた。しかし、池上貴子「「女仙」小論[*1]」で、『少年少女譚海』所収本文（表題「女仙《ぢよせん》」）と、中村友「『女仙』考[*2]」の記述とを比較すると、ほぼ同時期に二種の初出誌が存在した可能性があり、それに伴って本文確定の問題が生じること、目次の記述から童話として発表された可能性があることなど、検討を要する問題があることが指摘されている。本書では、池上と中村の考察をもとに、大阪国際児童文学館所蔵資料での初出確認に基づき「童話」に分類する。したがって、完成された芥川龍之介の童話は九篇となる。

神秘や怪異を描いた童話

興味深いのは、彼の童話がどれも神秘、怪異にかかわる内容を特徴としていることである。そこには、龍之介自身が幼少期に神秘や怪異に関心を持ったこと、当時の文壇に広く認められた神秘的なものに対する流行現象の影響を見ることができる。しかし、それだけで龍之介の童話が神秘や怪異を積極的に取りこんだことを説明することはできない。これらの神秘の表象の奥に龍之介の真の意図があったと考えられるからである。彼の童話では、神秘や怪異が龍之介の意図と密接不可分のものとして表現されていることに注目する必要があるのである。

龍之介は、少年少女を描いた作品では、少年少女期に意識されなかったことが大人になるにつれて意識されてくる精神状況を作品化している。一方、ほぼ同時期に創作した童話では、自己を取り巻く不可解な現実が自分のなかで納得されない人間のありようを問題にした作品が多くなった。

佐伯昭定・鈴木哲夫「追憶」では、「過去の無意識な精神形成期を探りながら、実は現地点における作家芥川の、意識された眼で再構成されたフィクションの世界である」と述べている。*3 この指摘は龍之介の随筆「追憶」(『文藝春秋』一九二六・四・一〜一九二七・二・一)についての解題の一節ではあるが、龍之介の少年少女小説にもあてはまる重要な問題提起であり、これまでの龍之介の無意識に関する研究を総括する意味を持っている。本書では、この観点を積極的に採りいれ、龍之介の少年少女小説全体に広げて考察を深めていく。

龍之介は、少年少女を描いた「トロッコ」や「少年」では、追憶という形式で、少年期に意識されなかったことが大人になってから自己の内部で意識化されてくる様相を描いている。その際、作品には自分が幼時より慣れ親しんできた神秘的なものを取りこむ努力をしている。そうすることで私小説的な追憶となるのを避けることができたのである。たとえば、「少年」では本所七不思議、海の神秘、幻燈の超自然の霊などの神秘や幻想が随所に織りこまれている。彼自身の生育過程に根ざした怪異への関心を描くことで、これらの神秘や幻想が自己の内部の心象風景として深く刻みこまれることになり、読者に印象的な場面を提供することに成功している。少年期に無意識に過ごしたことが大人になってあらためて意識化されていく手法に説得力が生まれたのである。

繰り返しになるが、龍之介が「トロッコ」や「少年」で扱おうとしたのは、少年期の無意識であった。彼は、少年期に意識せずにいたことが現実という外界と接することで意識されていくという事実を考えていたのである。それは、〈わたし〉という自己が現実との接触で変容することを問題にしていたと言いかえることができる。

〈わたし〉という自己に注目するということは自己とは何かを問うことである。そのためには、さまざまな角度から自己を分析的に見つめたり統合的に扱ったりすることが必要となってくる。たとえば、心理学という科学の領域で自己の問題を扱う際には、自己の分裂や統合という概念を提示しながら考察を進めればよい。しかし、文学の場合は、そうした概念を提示するのではなく、人間の精神的な葛藤を描くなかで〈わたし〉という自己の揺らぎを問う必要がある。合理的な説明よりも象徴的な表象が求められるのである。

童話の舞台は、こうした文学的表象に適した場と言える。童話に表現される神秘的な内容は、こうした自己を問うという文学上のリアリティを確保するうえで、物語として展開する怪異や超自然について合理的な説明は不必要であり、不思議は不思議のままでおいてよいという利点を持っていたのである。したがって、表面上は少年少女に向かって「慾」や「善悪」の問題などの人間的な価値のあり方を問うという体裁を取りながら、自己を問う課題を、神秘や怪異の表現に交えて自己像幻視の手法で見ていく構想を得たのである。

「後味のよさ」を感じる童話

中村真一郎は『芥川龍之介』の「童話」の項で[*4]、「大正時代は日本の童話史上で、このジャンルが最も芸術的に高められた時期である」と、一九一〇年から二〇年代が「童話の黄金時代」であるとされる特質について述べている。なかでも龍之介の童話は「何よりも先ず、少年の読者を魅惑する話術の自在さと展開の意外さを持っている。その点でも彼の小説にひけ目はとっていない」と言う。とくに「ぼくらが彼の童話で感心するのは、その例外のない、後味のよさである」と、彼の童話に賛辞を送る。そして、その「後味のよさ」を感じる理由として、「表面に現われでている」「明るくて暖かい人間尊重の気持ち、素直で親しみのある人道的思想」に言及するのである。

しかし、一方で「芥川の童話は彼の仕事のなかで特異な位置を占め、彼の内面生活の或る面を（小説には出ていない面を）現しているように思われる」と、小説と童話の領域の線引きを行ってしまっている。童話という「ジャンルの要求する拘束に従って、才気で常套的解決をやってみせた」のではなく、この童話の世界が「芥川の本音」であり、「甘くなることを恐れる必要のない童話のなかに、彼の本来の育ちの良さと高貴な性質とが延びのびと現われ出ていると見る。童話は彼の魂の最も無垢な部分を盛ることのできた形式であった」と述べるのである。本書で詳論するように、龍之介は小説と童話を区別するのではなく、そのどちらにも「芥川の本音」を表現している。それぞれの表現特性を考慮して、虚構が最も有効に働く方法を選択しているのである。

また、中村が「彼の一生を通じて消えることのなかった、現実に対する恐怖は、童話の世界に遊ぶ時にのみ、消え去っていた。彼の人生観の一部には、いつまでも童話的要素が残っていた」としているのも残念である。これも本書で明らかにすることであるが、龍之介の童話は「娑婆苦に呻吟」する人々への共感に支えられている。「現実に対する恐怖」ではなく、「娑婆苦」に生きる人々が新しい人生を模索して現実と格闘するための足場を自己の内部に求めているのである。それは、ある作品では自由への渇望であり、ある作品では不安の表象であったと考えることができる。龍之介は、小説でも童話でもその特性に応じて生きることを問題にして創作活動を続けたのである。

童話の研究をする際に注意する必要があるのは、小説と童話の世界に垣根を掛けてしまうと、小説の世界での作家思想と童話の世界でのそれとを相対的に区別して論じる、文学上の相対主義に陥ることである。特に近代文学研究から童話の研究をする場合に、作家が対象とする読者が大人か子どもかの区別をもとに小説にはない別の思想を探求する傾向に陥りやすく、それが作家研究をひずませていくことになる。龍之介の場合も、童話の世界だけ特権的に自分の本心をさらけ出していると読もうとするのがその典型である。たとえば、童話の世界では芥川は人間らしく生きることを希求し、その立場が童話を書くにつれて高まっていったという読み方[*5]や、大人の小説と違い、童話の世界では自由な精神が息づいているという読み方である[*6]。

中村の論には現在の時点からはこうした問題点も指摘できる。しかし、それは現在の芥川研究の到達点に立って言えることに過ぎない。中村の芥川論の先駆的な意義は、厭世主義的な龍之介評価をしなかったことである。彼を現実逃避の芸術至上主義者と規定せず、彼の童話を積極的に高く評価したことは、現在も今後も龍之介の童話研究の重要な指標となっていくであろう。

二——神秘への関心と自己を問うこと

神秘への関心の背景

芥川龍之介の童話は、一九一八（大正七）年の「蜘蛛の糸」の発表以来、若い読者をはじめ国民的な規模で読みつがれてきている。その理由の一つとして考えられるのは、一九〇〇年前後から二〇年代にかけて一種の流行現象となった神秘に対する社会的な関心を童話に取りこんでいることである。神秘や怪異現象への高まる関心の背景には、近代合理主義への疑義、日本社会における都市の膨張への不安、近代化の名のもとに風化を始めた伝統的な日本への郷愁があった。芥川龍之介が江戸文化に強い関心を持ちつづけたのも、彼の生育過程に深く根ざした文化へのこだわりがあったからである。龍之介は、伝統的な文化に胚胎していた神秘や怪異を彼の文学に取りこみ、さらに西洋に由来する神秘や怪異にも強い関心を寄せていく。その表現の場のひとつとしたのが、お伽噺と童話の世界であったのである。この世界は、神秘や怪異を好む子どもたちの読みの世界である。その意味で、直接子どもの心性に訴えかけることができる格好の場である。お伽噺や童話は、龍之介の神秘や怪異への関心と子どもたちの心性とが結びつく世界となった。子どもの心性を文学として表象しようとする作家の文学精神が芥川龍之介の文学として結実していった世界がお伽噺と童話の世界であったのである。本書では、龍之介が、神秘と怪異現象を取りこみながらお伽噺と童話の世界に彼独自の文学を生み出していった様相を考察する。

ところで、「神秘」という語の概念やその理解はさまざまに語られてきた。たとえば、山折哲雄『神秘体験』、須永朝彦編『日本幻想文学全景』や『國文学』の「泉鏡花幻想文学誌」[*7]では、おおよそ次のような内容が想定されている。

一　ロマン　伝承
二　カミ　宗教　心霊
三　迷宮　異界　あの世
四　怪異　妖怪　鬼　天狗
五　超自然
六　生命　自然

七　夢幻　幻覚　幻視　狂気
八　変身　分身
九　憑霊　憑依　仮面

これらを大別すると、一から六のような自己の外部に現れる事象を主に問題にするものと、七から九のような自己の内部事象あるいは自己と密接不可分な身体性の問題を主に扱う内容に分けることができる。こうした分類は便宜的なものに過ぎないが、大局的な領域区分としては有効である。たとえば、ロマンや伝承、宗教や心霊は、もともとは個々の人間の内部に生成した観念であろうが、それが人間の外部で形式化された時点で強い神秘性を存するようになるのは言うまでもない。三の迷宮や異界、四の怪異や妖怪などは、ロマンや宗教などから派生した二次的な神秘現象と呼んでいいのかもしれない。また、五の超自然や六の生命、自然などは、本来的に人間の外部にある現象を人間がどのように理解するかという問題である。第二章で見る北原白秋の童心観は、この生命と自然に神秘を見る立場であった。ところが一方で、七の夢幻、幻覚、幻視というものは、人間の意識そのものであり、自己の内部に現われる現象としてあるし、八の変身や分身、九の憑霊、憑依や仮面などは人間の身体性のありようを問題にしながら実は自己の内部での意識の変容を問題にする領域であると考えることができる。

龍之介は、小説家としての明確な創作意識を持つまでは、おもに前者の宗教や心霊に関心を寄せながら、怪異や超自然に深く入りこんでいった。またその後は、後者の自己の内部に生成する問題あるいは身体性の発現する事象に興味や関心を持ち、さまざまな作品のなかにその影を落としていったのである。

彼の書簡や随筆のいくつかを並べてみると、それらの龍之介の関心の推移を見ることができる。たとえば、一九一二年の彼の書簡には次のようなものがある。

一九一二（明治四五）年七月一五日付恒藤恭宛
ＭＹＳＴＥＲＩＯＵＳな話しがあつたら教へてくれ給へ（中略―引用者）ろせつちの詩集の序に彼は超自然な事のかいてある本は何でも耽読したとかいてある　大に我意を得たと思ふ
一九一二（大正元）年八月二日付藤岡蔵六宛
Mysterious な話しを何でもい丶から書いてくれ給へ（中略―引用者）図書館へ行つて怪異と云ふ標題の目録をさがしてくる

これらの書簡には、超自然、怪異という言葉が登場している。この時期の龍之介は、生育過程ではぐくまれた怪異への興味という域を脱してはいない。しかし、彼の創作が円熟を増すにつれて、超自然や怪異は、自己の内部にある問題に目が向けられていくことと不可分な関係になってくるのである。
また、龍之介の古典への興味が大きかったことを示す際に引用される「昔」（「東京日日新聞」一九一八・一・一）には、次のような記述がある。

お伽噺の中に出て来る事件は、いずれも不思議な事ばかりである。だからお伽噺の作者にとつては、どうも舞台を今にするのは具合が悪い。（中略―引用者）もしこれが「昔々」の由来だとすれば、僕が昔から材料を採るのは大半この「昔々」と同じ必要から起つてゐる。と云ふ意味は、今僕が或テエマを捉へてそれを小説に書くとする。さうしてそのテエマを芸術的に最も力強く表現する為には、或異常な事件が必要になるとする。その場合、その異常な事件なるものは、異常なだけそれだけ、今日この日本に起つた事としては書きこなし悪い、もし強て書けば、多くの場合不自然の感を読者に起させて、その結果折角のテエマまでも犬死をさせる事になつてしまふ。所でこの困難を除く手段には「今日この日本に起つた事としては書きこなし悪い」と云ふ語が示してゐるやうに、昔か（未来は稀であらう）日本以外の土地か或は昔日本以外の土地から起つた事とするより外はない。

この記述は、作品のリアリティを保持するための文体的な工夫として超自然を位置づける龍之介の思想の表明である。第四章で詳しく見る彼の童話では文体のリアリティを探求しつづけている。龍之介がリアリティに拘泥するのは、彼が童話のなかで自己の問題を扱おうとしていることと無関係ではなかったからである。読者に自己の問題が提示される際、それがまったくリアリティを持たないとしたら、人間的真実から離れて説得力を欠くことになる。彼は文学的なリアリティを保持するために不思議が不思議のまま完結する世界を追い求めているのである。

さらに「侏儒の言葉」（『文藝春秋』一九二三・一〜一九二五・一二）になると、文学者の創作態度や人間の意識をどう理解するかという問題について、「神秘」あるいは「無意識」の語を用いて述べている。

我我は理性に耳を借さない。いや、理性を超越した何者かのみに耳を借すのである。何者かに、――わたしは「何者か」と云ふ以前に、ふさはしい名前さへ発見出来ない。もし強ひて名づけるとすれば、薔薇とか魚とか蝋燭とか、象徴を用ふるばかりである。（「神秘主義」一九二三・五）

芸術家は何時も意識的に彼の作品を作るのかも知れない。しかし作品そのものを見れば、作品の美醜の一半は芸術家の意識を超越した神秘の世界に存してゐる。一半?.、《ママ》或は大半と云つても好い。

我我は妙に問ふに落ちず、語るに落ちるものである。我我の魂はをのづから作品に露るることを免れない。一刀一拝した古人の用意はこの無意識の境に対する畏怖を語つてはゐないであらうか？（「創作」一九二三・七）

我々の性格上の特色は、――少くとも最も著しい特色は我々の意識を超越している。（「侏儒の言葉（遺稿）」「無意識」一九二七・一〇）

この記述では、人間の自己の内部にある意識を超えたものに「神秘」の呼称を与えている。そしてそれが人間を規定する重要な側面であることも忘れていない。龍之介の関心は、自己の内部に生成する意識とは何かという問題、さらに意識を超越するものが自己を決定するという問題に向いている。つまり、龍之介にとって、神秘と自己の問題は不即不離のものとして理解されていることになるのである。このように龍之介の書き残した幾つかを並べてみただけでも、神秘をめぐる彼自身の意識のありようも微妙な変化を見せていることがわかる。

同時代の作家が童話を書くにいたった動機はさまざまであったが、鈴木三重吉に『赤い鳥』への寄稿を求められた龍之介が、怪異への関心から意識を超越した神秘に心を動かしていくうちに、小説と並んで童話の世界でも神秘的な表象に関心を持ったことは不思議なことではない。問題は、大人の読者と多少勝手が違うであろうと予想される少年少女に自らの虚構精神をどのように確かな手応えをもって届けられるかであった。その意味で、「児童文学の黄金期」は龍之介にとって時宜を得た場となったと言える。

補論――青少年読書感想文全国コンクールに見る芥川龍之介

読書感想文に見る龍之介の童話

　芥川龍之介の童話が読みつがれてきた事実は、たとえば過去の青少年読書感想文全国コンクール入賞作品に彼の童話を読んだ多くの感想文が採られていることからも推し量ることができる。彼の童話は、小説とともに全国の少年少女によって毎年読まれているのである。最近五年間の青少年読書感想文全国コンクール入賞作品には次のようなものがある。

第五四回　「「羅生門」から学んだ私の選択」（栃木・中3）
　　　　　「「鼻」を読んで」（群馬・中3）
第五五回　「良く変われるチャンス＝（イコール）試される時〜「くもの糸」と「杜子春」を読んで〜」（青森・小6）
　　　　　「生きること」（大分・中3）＊「羅生門」
　　　　　「羅生門」（神奈川・中3）
　　　　　「「善」と「悪」を抱えて」（新潟・中3）＊「羅生門」
　　　　　「「枯野抄」を読んで」（山口・高2）
第五六回　「人間の弱さ、そして強さ」（奈良・小5）＊「蜘蛛の糸」
　　　　　「思いやり」（福岡・小5）＊「蜘蛛の糸」

「羅生門」（岐阜・中２）
「僕だけの鼻」（愛媛・中２）
「自分自身を受け入れることの大切さ」（徳島・高３）＊「鼻」
「蜜柑の愛」（福岡・高１）

第五七回　「私の羅生門」（大分・中３）
「「地獄」に在る芸術」（大阪・高２）

第五八回　「芥川龍之介様――十五の私からの手紙――」（愛知・中３）＊「蜘蛛の糸」「鼻」「羅生門」

（注）感想文の題名表記は原文のままである。氏名は省略した。＊は読んだ芥川龍之介の作品名である。

また、青少年読書感想文全国コンクール入賞作品にも、次のような芥川龍之介の「蜘蛛の糸」を読んだ感想文がある（第三九回青少年読書感想文全国コンクール全国学校図書館協議会長賞　新潟県上市立第一中学校三年　相田智子「「蜘蛛の糸」を読んで」）。


極楽と地獄を結ぶ一筋の細く光る蜘蛛の糸は、鋭い刃のように私には感じられる。犍陀多という人間のエゴイズムをあばく一つの刃のように。

犍陀多が生前、たった一つした善行として命を助けたのが蜘蛛なら、犍陀多が身を委ねたのも蜘蛛の糸である。このことには一種の皮肉を感じた。

犍陀多のエゴイズムをあばくこの蜘蛛の糸も、逆から見れば彼の心にある微かな「善」を引き出すためのものだったのかもしれない。

人間には必ず――犍陀多のように数多くの罪を犯した悪人であっても――心の中には「善」があるはずである。極限状態に陥ったとき、自分の心が「善」になるのも「悪」になるのも自分の意志次第だと思う。人間は「悪」の部分が「善」よりも勝ってくる場合が多いのではないか。その「悪」をいかに抑え、少しでも残っているはずの「善」を引き出していくか。これが人間の強さだと思う。

自己の幸せを求めるあまり、他を顧みなかった犍陀多のように、人間のエゴイズムは人が極限状態に置かれたとき、その姿をさらけ出す。瀬戸際に立たされた人間の心は利己の魂に変化し、他人を破滅させ、やがては自分をも破滅させる。そんな状態に陥った人間が本当の人間らしい心を保ち続けていくには、自らの性を認識した上で、他人を思いやる気持ちを忘れないことが必要なのだと思う。

そう考えていくうちに私は一つの疑問を持った。犍陀多が「おりろ、おりろ。」と叫んだために蜘蛛の糸は切れてしまったわけだが、では、彼が何も言わなかったら――利己的な考えを起こさなかったなら、彼は本当に地獄を抜け出し、極楽に行き着けたのだろうか、という疑問である。

一本の細い蜘蛛の糸は、到底一人の人間の重さには耐えられない。極楽と地獄という寓話の世界での比喩としての細い蜘蛛の糸は読む人に強く印象づけるものがある。

この蜘蛛の糸は、そのことに気付かせ、自分が「善」になるのか「悪」になるのかを試すための一つのきっかけだったのかもしれない。

もしそうだとすると、お釈迦さまには犍陀多を本気で助けようという考えはなかったのかもしれないと思った。ただ単に、彼を試してみただけだったのではないか。彼の後から大勢の罪人が登ってくることも予想して、彼の行動を見たかったに過ぎないのではないか。

切羽詰まった人間に対し、もしお釈迦さまが気まぐれで蜘蛛の糸を垂らしたのなら、私は憤りを感じないではいられない。犍陀多のエゴイズムがありありと浮かび上がってくると同時に、お釈迦さまの、ある意味での偽善的な、無慈悲な行為も感じ取れるのである。

蜘蛛の糸という、頼りないものに自分を任せて必死で登っていこうとする犍陀多の姿は、どうすることもできない苦しみに追い詰められた人間の、哀れな姿にも重なって見える。彼は苦しんでいたのである。そんな彼には、一筋の蜘蛛の糸さえ自分を救ってくれる強じんな縄に見えたのだろう。もし私が彼の立場だったとしても、やはりためらいもせずただその糸に全てを預けて登っていったに違いない。

こうした犍陀多の行動から読み取れることは、苦しみと絶望にさいなまれ、必死にそこから抜け出そうとしたために何も周りが見えなくなり、結局もとの苦しみに突き落とされていく一人の弱い人間の哀しさであると思う。この犍陀多の姿は、利己的な心を持つ現代の人間にも通じるものがあるように思われる。

そんな苦しみに追い詰められ、果てていく一人の人間をお釈迦さまは極楽から冷ややかに見詰めていたのだろうか。地獄の血の池にむせび、真っ暗な中でももがいてばかりの犍陀多と、極楽ではすの美しい花とよい香りに包まれながら池の周りを散歩しているお釈迦さまは、ものの見事に対照的である。一方は闇の中で苦しむ哀れな罪人であり、一方は明るく清らかな場所で優雅に暮らしている強大な力を持つ者――絶対者である。この対比は興味深い。

人間はたいてい、この「お釈迦さま」になりたがるが、現実にはほとんどが「犍陀多」なのだろう、ここからも、犍陀多の姿を哀れな人間の姿として映し出すことができる。絶望のどん底にはまってしまった人間は、絶対者や運命に振り回され、いいようにもてあそばれるだけの弱い生き物になってしまうのだろうか。

道徳的には許され難い犍陀多のエゴイズムも、一人の哀れな人間の、極限まで追い詰められた辛い心によるものだったのならば、私は一概には彼を責められないと思う。

こう思うのも、世の中のほとんどの人間は「お釈迦さま」ではなく、「犍陀多」なのではないかと思うからである。そしてまた、私も一人の「犍陀多」であるのかもしれない。

相田智子さんの感想文には、善や悪、欲あるいはエゴイズムの問題、作者の問題意識への言及などがあり、龍之介が「蜘蛛の糸」で表現した内容に迫ろうとする姿勢をみることができる。しかも、犍陀多が「何も言わなかったら——利己的な考えを起こさなかったなら、彼は本当に地獄を抜け出し、極楽に行き着けたのだろうか」と問いを立てたうえで、お釈迦さまと犍陀多との対比的表現に注目して、犍陀多に心を寄せる作者の温かい心を読んでいる。

学校などの読書指導の場では「推薦図書」の名で紹介された児童文学が推奨され、その読書感想文に指導教師の助言や添削が入れられていることはありうることである。しかし、そのことを割り引いて考えたとしても、少なくとも少年少女が読書感想文を書く際には、該当する作品を読んでいることは疑う余地のないことである。また、その読みが尊重されて教師の添削がなされていることもたしかであろう。読書感想文コンクールの入賞作品は全国の読書感想文の一部であり、この背後には相当数の読書感想文がある。[*8] したがって、その対象となった童話が一定程度の割合で読まれていることは自明のことであると言ってよい。

国語教科書の龍之介の作品

現在の国語教科書にも多くの芥川龍之介の作品が収載されている。[*9] 特筆されるのは、高等学校『国語総合』のすべてに「羅生門」が収録されていることである。『国語総合』は国語科の必履修科目であること、高等学校への進学率が九七パーセント以上であることからすると、一〇代後半のほとんどの青年が毎年「羅生門」を読んでいることになる。このほかには、おもに高校二年生以上で使用される『現代文』に「おぎん」「鼻」「枯野抄」「ピアノ」

が掲載されている。

また、『国語表現』に「トロッコ」が掲載され、『古典』『古典講読』でも「今昔物語」や唐代の古典を翻案した作家、松尾芭蕉を描いた作品を残した作家として龍之介が紹介されている。

中学校でも、三社の教科書に「トロッコ」全文が掲載され、「蜘蛛の糸」「少年―海」のそれぞれ全文も読書活用教材となっている。小学校では、六年の教科書に「仙人」全文が収録されている。「仙人」は「皆さん。今私は大阪にゐます。」の書き出しのほうの短編である。そのほかにも、同じく六年の教科書に「日本の名作」として、「蜘蛛の糸」の冒頭部分が掲載されている。

このように、小学校から高等学校の教科書には、童話「仙人」、「トロッコ」「少年」などの少年少女小説、「羅生門」などの小説が収録されている。また、読書指導のコーナーに「蜘蛛の糸」をはじめいくつかの童話が紹介されているのである。さらには、子どもたちが手にしやすい児童書や文庫などに依然として彼の小説とともにほとんどの童話が収録されていることなどからも芥川龍之介の童話や小説が子どもたちに読みつがれていることがわかる。

注

＊1　池上貴子「「女仙」小論」『新樹』第一四輯、梅光女学院大学大学院文学研究科、二〇〇〇年一月一五日。

＊2　中村友「『女仙』考」『学苑』五三九号、昭和女子大学近代文化研究所、一九八四年一一月一日。

＊3　佐伯昭定・鈴木哲夫「追憶」（文学教育研究者集団著・熊谷孝編『芥川文学手帖』みずち書房、一九八三年一一月三〇日、一六〇頁）。なお、同論では神秘・怪異との関連への指摘はない。

＊4　中村真一郎「童話」『芥川龍之介』要書房、一九五四年一〇月一〇日。

＊5　尾崎瑞恵「芥川龍之介の童話」『文学』第三八巻第六号、岩波書店、一九七〇年六月。

＊6　三好行雄「〈御伽噺〉の世界で」『三好行雄著作集　第三巻　芥川龍之介論』筑摩書房、一九九三年三月一〇日。

＊7　山折哲雄『神秘体験』講談社、一九八九年四月四日、須永朝彦編『日本幻想文学全景』新書館、一九九八年一月一五日。「泉鏡花幻想文学誌」『國文学』第三六巻第九号、學燈社、一九九一年八月二〇日。

＊8　『考える読書　第五八回青少年読書感想文全国コンクール入賞作品』（毎日新聞社、二〇一三年四月二五日）によれば、小学校から高等学校の生徒及び勤労青少年を合わせた応募総数は四四五万三二六六編であった。

＊9　詳細は、拙稿「国語教科書と芥川龍之介」（関口安義編『生誕120年　芥川龍之介』翰林書房、二〇一二年一二月一日、一〇二～一一一頁）参照。

第一章　芥川龍之介と神秘

一――芥川龍之介の幼少年期と神秘

1 幼少年期の神秘への関心

作家の「内的必然」

三好行雄は、「小説家の誕生――「羅生門」まで」という論考[*1]で、作家が誕生する経緯を追うことの困難さを次のように述べた。

あらゆる作家論にとって、もっとも魅力的で、また難解なアポリアは、かれが日常の時間にからめとられた生活者から、書くという行為によって別の時間を創造する作家にまで変貌した秘密を明らかにする試みであろう。閉じた〈自己〉を外界につなぐための、そしてまた、自分が自分自身に出会うための内的必然（あるいは偶然から必然への転化）を問うこと。作家の誕生の秘密である。

たしかにひとりの作家の作品を読み進めていくうちに、その作家のモチーフとなったものを探りたいという欲求に駆られることは多くの読者の経験するところである。しかしそうした場合も、作家のどんな事情やどんな出来事が、あるいは他者とのどんな出会いが彼を小説世界の創造に誘ったかを決定するのは至難の技である。そこにまた文学研究の享楽があるのも事実ではあるが、作家主体内部での変化は、彼自身の記録がある場合もない場合も同時代あるいは後生の読者が想像するしか方法はない。そうは言っても、その作家が生きた時代のさまざまな事象、周囲の者の証言、彼自身の書き残した文章を子細に検証することで作家の「内的必然」を解き明かしていくことが不可能でないことも、これまでの文学研究が教えている。

龍之介の場合は、とくに幼少年期における神秘との出会いが彼の創作のモチーフにとっては決定的であった。彼が幼少年期を送った一九世紀後半、明確な創作意識を確立する過程であった二〇世紀前半が神秘的なものに共感する空気が強かったことはのちに見るが、ここではまず、彼の神秘に傾斜するもうひとつの事情である、彼の家庭環境や読書経験及びそれをもとにした思索の過程を見ておきたい。

龍之介の追憶

龍之介の怪異に関する興味や関心がどの程度であったかを知るために、彼自身が幼少年期を追憶して記述したものから拾ってみる。龍之介は、小学校時代に初めて俳句を詠んだことを「わが俳諧修業」（『俳壇文芸』一九二五・六・一）に書いている。

> 小学校時代。——尋常四年の時に始めて十七字を並べて見る。「落葉焚いて葉守りの神を見し夜かな」。鏡花の小説など読みゐたれば、その羅曼主義を学びたるなるべし。

この「落葉焚いて葉守りの神を見し夜かな」という俳句からは、焚き火の火を人がじっと見入る光景がよく伝わってくる。「落葉」という自然を人間が焚くという行為に、龍之介が神秘の「火」を見ていることは明らかである。この句を尋常四年の幼さで詠んだわけだから、彼の文学的な才能の一端をここにも感じとることができる。

また、彼自身の幼時の経験を綴った「追憶」(『文藝春秋』一九二六・四・一〜一九二七・二・一)には、物心のついたときから、金箔の黒ずんだ曾祖父母の位牌に恐怖に近いものを感じていた話(「位牌」)、祖父の代から家に祀ってあった一対の狸の土偶にも恐怖を感じていた話(「お狸様」)、龍之介の住んだ本所界隈が飲用にしていた水屋から「夢現の境に現れてくる幽霊の中の一人」だった「水屋さん」を連想する話(「水屋」)、女中の「おてつさん」から怪談をよく聞き「夢とも現ともつかぬ境にいろいろの幽霊に襲はれ勝ちだつた」という話(「幽霊」)、本所七不思議の縁の地であることから自分も夜学の帰りに莫迦噺しを聞き「二百年来の狸などの莫迦噺しではないかと」思った話(「七不思議」)など、彼自身の日常の生活にまつわる記述に加え、当時の子どもたちに人気を博していた絵入りの草双紙をよく読んだことが次のように記されている。

僕の家の本箱には草双紙が一ぱいつまつてゐた。僕はもの心ついた頃からこれ等の草双紙を愛してゐた。殊に「西遊記」を翻案した「金毘羅利生記」を愛してゐた。「金毘羅利生記」の主人公は或は僕の記憶に残つた第一の作中人物かも知れない。それは岩裂の神と云ふ、兜巾鈴懸けを装つた、目なざしの恐しい大天狗だつた。

次に「文学好きの家庭から」(『文章倶楽部』一九一八・一・一)では、父母とともに「可也文学好き」な「伯母がゐなかつたら、今日のやうな私が出来たかどうかわかりません」と、彼にとっては事実上の育ての母となった伯母フキの存在の重要性について書くとともに、芝居や小説にも小さい時から触れていたことを次のように書き留めている。

芝居や小説は随分小さい時から見ました。先の団十郎、菊五郎、秀調なぞも覚えてゐます。私が始めて芝居を見たのは、団十郎が斎藤内蔵之助をやつた時ださうですが、これはよく覚えてゐません。何でもこの時は内蔵之助が馬を曳いて花道へかゝると、桟敷の後で母におぶさつてゐた私が、嬉しがつて、大きな声で「ああうまえん」と云つたさうです。二つか三つ位の時でせう。小説らしい小説は、泉鏡花氏の「化銀杏」が始めだつたかと思ひます。尤もその前に「倭文庫」や「妙々車」のやうなものは卒業してゐました。これはもう高等小学校へ入つてからです。

芝居をよく見たという記述は「追憶」にも見られ、操り人形のダアク一座が印象に残っている話や活動写真をよく見にいった話、回向院の境内で風船乗りや大蛇、鬼の首の見せ物を楽しんだ話が懐かしく語られている。

さらに「愛読書の印象」(『文章倶楽部』一九二〇・八・一)には、「西遊記」に深く魅せられたことを「比喩談としてこれほどの傑作は、西洋には一つもないであらうと思ふ」と書き、「水滸伝」や押川春浪の冒険小説などを読んだことも挙げている。この頃の芥川はまだ、西洋の書物よりも中国や日本の古典に親しみ、そこから怪異なるものへと目を向けていったのであろう。怪異への関心はますます強くなり、図書館で怪異に関する書物を探したり、家族や友人、知人らから怪異に関する話を聞いたりもしていた。彼の書簡(山本喜誉司宛)によれば柳田国男の「遠野物語」を読んだのもこの頃のことである。こうして龍之介は、自らの家庭環境や友人関係、折りに触れ手にした書物によって怪異への関心を深めていったのである。そしてこうした彼を取り巻く環境や彼自身の怪異好みがのちの『日の出界』『流星』『曙光』などの回覧雑誌での習作につながっている。

2　『椒図志異』と「今昔物語鑑賞」

怪異への関心と『椒図志異』

芥川龍之介は第一高等学校在学中に『椒図志異』[*2]を書いた。そこには、幼時より親しんだ怪異の話が「怪例及妖異」「魔魅及天狗」「狐狸妖」「河童及河伯」「幽霊及怨念」「呪咀及奇病」の六項目に分類して収められ、項目毎に番号まで附してまとめられている。総数は七十八篇である。その多くは、妖怪や天狗、不思議な出来事、不遇の死を遂げた者の怨霊となった話である。各文末には、「母より」「橘南谿の北窓瑣談より」「少年世界より」「父の語れる」「柳田国男氏」「沙石集」「石橋臥波氏談」などの取材源、出典が明示され、怪異への関心が一時的な思いつきではなく、幼少期から継続したものであったことがわかる。

一高時代からの親友であった恒藤（井川）恭は「龍之介がその創作力によつて展開を企てたものに、妖怪の世界がある。妖怪に関する古今東西の文献を夙くからあさつた彼は、屢々私に彼の蘊蓄の一端をもらした。諸国の河童の話などは毎々きかされた」と証言している。[*3]

この証言から、龍之介が幼児期から怪異に関心を寄せていたことは親友もよく知るところであり、その博識には一目置いていたことがわかる。しかし、恒藤は先の文章の後半で「彼は妖怪を愛した。しかし妖怪の存在は信じては居なかつた」と述べている。彼が妖怪を信じていたわけではないと周囲は理解していたというのである。つまり、怪異譚を蒐集するのは、彼にとってそれらが信じる対象であるか否かということではなく、そこに語られることがらそのものに関心があったということになる。

『椒図志異』という題名の由来については、これまでの研究で『聊斎志異』[*4]の影響が指摘されてきた。『聊斎志異』

は中国の伝奇小説集で、鬼狐、神仙、道術、動植物などにまつわる怪異談をもとに創作したものである。龍之介は同書について、「骨董羹」の「聊斎志異」で次のように書いている。[*5]

聊斎志異が剪燈新話と共に、支那小説中、鬼狐を説いて、寒燈為に青からんとする妙を極めたるは、洽く人の知る所なるべし。されど作者蒲松齢が、満洲朝廷に潔からざるの余り、牛鬼蛇神の譚に託して、宮掖の隠微を諷したるは、往々本邦の読者の為に、看過せらるるの憾みなきに非ず。

『剪燈新話』は明代の怪異談集で、浅井了以や上田秋成など近世日本文学にも影響を与えた。龍之介は、『聊斎志異』がそれに並んで背筋が寒くなるほどの怪異であることを強調している。

龍之介は、「文芸雑話　饒舌」では、『聊斎志異』と『今昔物語』との影響関係にも触れて次のように述べている。[*6]

聊斎はたしか乾隆の中葉頃に出来たものだから、今昔に比べると余程新しい。所が今昔と聊斎と、よく似た話が両方に出てゐる。たとへば聊斎の種梨の話は大体の段どりから云つて、今昔の本朝第十八巻にある以外術被盗食瓜語と云ふ話と更に変りがない。梨と瓜とを取換へれば、殆ど全く同じである。かう云ふのは日本の話が支那へ輸入されたのであらうか。

が、これなぞはどうも話の性質が支那じみてゐる。するとこの話のプロトタイプが始支那にあつて、それが先に日本に輸入されたのであらうか、暇があつたら誰か考証して見るのも面白からうと思ふ。序に云ふが、聊斎の鳳陽士人と云ふ話も、今昔の本朝第二十一巻常澄安永於不破関夢見在京妻語と云ふ話とよく似てゐる。

ここからも、それぞれに収められた怪異譚が彼にとって重い意味を持ったものであることがわかる。

また、「椒図」については、龍之介の書き反故原稿「白獣」に「嘗、椒図という号をつけたことがある。椒図とは、八犬伝によると「獣するを好む」龍だと云ふ。そこで、この号を得意になって、椒図居士とか何とかつけた」とあることから、龍之介の号であることが葛巻義敏によって紹介されている。[*7]

龍之介が『椒図志異』にまとめた怪異譚を見ていくと、彼がその作業をとおして、これらの話の奥に人々の恨んでも恨み切れないような苦悩や無念があることに目を向けていたことに気づく。

「幽霊及怨念」には次のような話が記録されている。和歌山の何某なる人が、久しく発狂していた妻が井戸に落ちて死んでしまったので、後妻をもらった。ところが、ある夜台所でひそひそと話し声がするので覗いてみると、先妻と後妻とがむつましげに食事をして、夜が明けて後妻に尋ねるとまったく知らないと答えた。よく見ると、たしかに飯櫃の飯は減っており、気味が悪くなり引っ越したという話である。ここには、発狂してもなお夫と添い遂げたいという先妻の生への執着を見ることができる。また、先妻の無念を知りながらも、やむを得ない事情で後妻を受けざるをえなかった夫の申し訳なささをも感じとることができる。

「大塚鉄雄氏談」と注記された話では、東京に遊学していた息子が、彼の留守中に人からもらった最中を誰かが食べたと思っていたところに、国許から父の死を報じた電報を受け取った。後に聞くと「倅にあひ最中の折をひらきてす丶められたれば二三つ食ひぬ」と父親が死ぬ前に語っていたというのである。息子の将来を見届けられないまま死期を迎え、最期まで息子を案じた父親の無念の思いが伝わってくる。こうした話だけでも十数篇を数える。

また、「呪咀及奇病」の「影の病」の話は、自己像幻視（ドッペルゲンゲル）を暗示させるものとして興味深いものがある。

北勇治と云ひし人　外より帰り来て我居間の戸を開き見れば　机におしかゝりし人有り　誰ならむとしばし見居たるに　髪の結ひ様衣類帯に至る迄我が常につけし物にて　我後姿を見し事なけれど寸分たがはじと思はれたり　面見ばやとつかく\とあゆみよりしに　あなたをむきたるまゝにて障子の細くあきたる間より椽先に走り出でしが　追かけて障子をひらきし時は既に何地ゆきけむ見えず　家内にその由を語りしが母は物をも云はず眉をひそめてありしとぞ　それより勇治病みて其年のうちに死せり　是迄三代其身の姿を見れば必ず主死せしとなん

奥州波奈志（唯《ママ》野真葛女著）（仙台の医工藤氏の女也）

「北勇治と云ひし人」が見たのは自分のすがたであった。自分がほかでもない自分自身を見るという自己像幻視（ドッペルゲンゲル）が龍之介の関心事としてあったことを示している。彼は怪異譚を蒐集しているうちに、その後に創作の動機のひとつとなっていく自己像幻視に遭遇していったのである。

「今昔物語鑑賞」と「娑婆苦」の世界

ところで龍之介は、「今昔物語鑑賞」[*8]で「仏法の部の僕に教へるのは如何に当時の人々の天竺から渡つて来た超自然的存在、——仏菩薩を始め天狗などの超自然的存在を如実に感じてゐたかと云ふことである」と述べ、『今昔物語』に描かれた超自然的存在に注目する。しかも、当時の人々が、その超自然的存在を「如実に感じてゐた」と書き、単に信じていたという域を越えた実感としての思いが人々の心にあったことを強調している。この「如実に感じ」るというのはどのような実感であったろうか。龍之介は、そのことを次のように述べている。

彼等（引用者註——当時の人々）は目のあたりに、——或は少くとも幻の中にかう云ふ超自然的存在を目撃し、その又超自然的存在に恐怖や尊敬を感じてゐた。たとへば金剛峯寺の不動明王はどこか精神病者の夢に似た、気味の悪い荘厳を具へてゐる。あの気味の悪い荘厳は果して想像だけから生まれるであらうか？

龍之介は、「少くとも幻の中に」「超自然的存在を目撃し」ていることを指摘する。超自然的存在が人々の心のなかに根を下ろし「恐怖や尊敬を感じてゐた」と言うのである。さらに、『今昔物語』の芸術的本質に触れ、人々が超自然的存在に心惹かれる理由を考察する。

この生ま々々しさは、本朝の部には一層野蛮に輝いてゐる。一層野蛮に？――僕はやつと『今昔物語』の本来の面目を発見した。『今昔物語』の芸術的生命は生ま々々しさだけには終つてゐない。それは紅毛人の言葉を借りれば、brutality（野性）の美しさである。或は優美とか華奢とかには最も縁の遠い美しさである。

こうして『今昔物語』の「野性の美しさ」に言及した龍之介は、続いて『今昔物語』に描かれた人々の姿に目をとめる。

『今昔物語』の作者は、事実を写すのに少しも手加減を加へてゐない。これは僕等人間の心理を写すにも同じことである。尤も『今昔物語』の中の人物は、あらゆる伝説の中の人物のやうに複雑な心理の持ち主ではない。彼等の心理は陰影に乏しい原色ばかり並べてゐる。しかし今日の僕等の心理にも如何に彼等の心理の中に響き合ふ色を持つてゐるであらう。銀座は勿論朱雀大路ではない。が、モダアン・ボオイやモダアン・ガアルも彼等の魂を覗いて見れば、退屈にもやはり『今昔物語』の中の青侍や青女房と同じことである。

龍之介は、『今昔物語』に登場する中世の人々も近代の人々も、その「魂を覗いて見れば」同じ「響き合ふ色」を持っていたと言う。時代は違っても人々の心理には綿々と流れるものがあることを見ている。

作者の写生的筆致は当時の人々の精神的争闘もやはり鮮かに描き出してゐる。彼等もやはり僕等のやうに娑婆苦の為に呻吟した。『源氏物語』は最も優美に彼等の苦しみを写してゐる。それから『大鏡』は最も簡古に彼等の苦しみを写してゐる。最後に『今昔物語』は最も野蛮に、――或は殆ど残酷に彼等の苦しみを写してゐる。

龍之介は、『今昔物語』で語られた当時も龍之介の生きた時代も、人々は「娑婆苦の為に呻吟した」と、その精神的、現実的苦悩を語る。人々の心理にある共通の「響き合ふ色」というのは、「娑婆苦の為に呻吟」することであると指摘する。

『今昔物語』に「出没する人物は上は一天万乗の君から下は土民だの盗人だの乞食だのに及」び、「観世音菩薩や大天狗や妖怪変化にも及んでゐる」のであり、「若し又紅毛人の言葉を借りるとすれば、之こそ王朝時代のHuman Comedy（人間喜劇）であらう」と言う。そして、以下のように結論する。

僕は『今昔物語』をひろげる度に当時の人々の泣き声や笑ひ声の立昇るのを感じた。のみならず彼等の軽蔑や憎悪の（例へば武士に対する公卿の軽蔑の）それ等の声の中に交つてゐるのを感じた。

僕等は時々僕等の夢を遠い昔に求めてゐる。が、王朝時代の京都さへ『今昔物語』の教へる所によれば、余り東京や大阪よりも娑婆苦の少ない都ではない。成程、牛車の往来する朱雀大路は華やかだつたであらう。しかしそこにも小路へ曲れば、道ばたの死骸に肉を争ふ野良犬の群れはあつたのである。おまけに夜になつたが最後、あらゆる超自然的存在は、——大きい地蔵菩薩だの女の童になつた狐だのは春の星の下にも歩いてゐたのである。修羅、餓鬼、地獄、畜生等の世界はいつも現世の外にあつたのではない。……

「今昔物語鑑賞」には、超自然的存在を受け入れる当時の人々の心理に対する龍之介の見方が記録されている。『今昔物語』に映し出された当時も龍之介の生きた時代にも、人々は「娑婆苦の為に呻吟」した。その苦悩をつかみとった『今昔物語』の作者は、物語のなかに「当時の人々の泣き声や笑ひ声」を、時には軽蔑や憎悪の心を交じらせて、立ち昇らせたのである。その民衆の苦悩や歓喜、憎悪や軽蔑が、深い闇の世界で修羅、餓鬼、地獄、畜生などの超自然的存在を生み育てていった。

『今昔物語』の作者と同じように、時代の闇に生きる人々が「娑婆苦の為に呻吟」する物語を生み出していくという創作のモチーフを表明したものが「今昔物語鑑賞」であった。それはさまざまな怪異の奥に渦巻く怨念や苦しみ、また時には喜びや楽しみも視野に入れようとした姿勢によっている。

「中流下層階級」者の視座を越えて

「今昔物語鑑賞」における龍之介の思惟を見てくると、「羅生門」も「鼻」も「王朝もの」と呼ばれる小説群も、『今昔物語』をはじめとした古典を材料に描かれた理由を納得することができる。しかも、それらは『今昔物語』に登場する人々に仮託しながら龍之介の生きた時代の人々を描いたものである。「今昔物語鑑賞」が発表されたのは龍之介が自死した年であった。『椒図志異』から「今昔物語鑑賞」までのあいだに彼の遺した百数十篇の小説や童話を置いてみると、人々の苦悩や喜び、日常のささやかな心の起伏に寄り添おうとする彼の一貫した思いを読むことができる。

「羅生門」や「鼻」の成立に関わって、恋愛問題に悩んだ龍之介がそれを乗り越えるために面白いものを書こうとしたという動機を指摘する研究もある。[*9] こうした動機は作者が創作に踏みきるひとつのきっかけにはなるであろう。しかし、より本質的には、彼の創作の意図を彼自身の苦悩を癒すことだけに求めるのは無理がある。人々の悩みや苦しみに心を寄せようという思いが龍之介を創作へと向かわせた主要な動機であったのである。彼の言う「娑婆苦」という表現からは、自己の苦悩だけではなく人々の悩みや苦しみへと龍之介の目が向いていたことを知ることができるからである。

「大導寺信輔の半生―或精神的風景画―」（『中央公論』一九二五・一・一）の「三　貧困」の「信輔の家庭は貧しかつた。尤も彼等の貧困は棟割長屋に雑居する下流階級の貧困ではなかつた。が、体裁を繕ふ為により苦痛を受けなければならぬ中流下層階級の貧困だつた」という記述が思い起こされる。『今昔物語』の人々が「娑婆苦の為に呻吟」するさまは、「貧困」にあえぐ「中流下層階級」者と重なっている。第一節で見た三好行雄「小説家の誕生」[*10]を再び引用する。

あらゆる作家論にとって、もっとも魅力的で、また難解なアポリアは、かれが日常の時間にからめとられた生活者から、書くという行為によって別の時間を創造する作家にまで変貌した秘密を明らかにする試みであろう。閉じた〈自己〉を外界につなぐための、そしてまた、自分が自分自身に出会うための内的必然（あるいは偶然から必然への転化）を問うこと。作家の誕生の秘密である。

これらの怪異譚は「閉じた〈自己〉を外界につなぐための、そしてまた自分が自分自身に出会うための内的必然」

として龍之介が選んだ素材のひとつであった。「日常の時間にからめとられた生活者から」「別の時間を創造する作家」となるために、「中流下層階級」者の子と自覚する階級意識を越えて、怪異の事象の奥に横たわっていた「娑婆苦の為に呻吟」する人々の怨念に注目したのである。

『椒図志異』に綴った怪異や妖怪、分身現象は彼の心を虜にした。しかし、それらはまだ彼自身が生み出した物語ではなかった。龍之介が作家として自立するための素材のひとつにすぎなかった。これらの怪異が、作家芥川龍之介の文学として彼自身の手によって生み出されるのには、もうしばらくの時間が必要だった。怪異は、『椒図志異』という彼の切り取った空間のなかで創作の時を待っていたのである。

二――妖変ブームと心霊学、神秘主義

1　妖変ブーム

目玉の松ちゃん

芥川龍之介が怪異への関心を深めていった二〇世紀の初めには、妖変ブームが人々の心を捉えていた。『明治大正図誌』[*11]には、「目玉の松ちゃん」の項に、大正期の浅草のようすが描かれている。

浅草六区は大正の東京第一の盛り場だった。猥雑でかしましく、気楽で安い日曜日の庶民の享楽の場。大正に入ってまた一段と活気を増した。大正八年（一九一九）の石版画を見ると、花やしきに掛っている見世物は、「やまがらの奇芸」「お猿のお芝居」「球のり」と、江戸のころの盛り場の興行とあまり変わっていない。だが赤煉瓦の十二階がそびえる空には飛行機が飛ぶ。ずらりと並ぶ活動写真館の賑いも江戸や明治とはちがうところだ。その薄暗い無声の銀幕の上で水戸黄門になり岩見重太郎になり妖怪に変化して当時最大の活躍をしていたのが、「目玉の松ちゃん」こと尾上松之助である。帝劇・三越はもちろん、金竜館にも行かない層の絶大な支持を受けていた。最盛期には、浅草の三つの日活封切館で毎月三本ずつ封切りするために、彼は月に九本の主演をこなしたという。そのドタバタの代りに、新派悲劇の活動写真でミーハーのお涙を頂戴したのが、同じ日活の女形立花貞二郎だった。

第一次大戦中から欧州ものを押さえて入ってきたのがアメリカ映画で、目玉の松ちゃんの隣にはすでにチャップリンが掛って人気を呼んだ。この新旧東西上下の混沌こそが、大正の東京、大正の浅草の活気のゆえんであった。

また、加太こうじは「あそび・玩具・見世物・その他」[*12]で、この「目玉の松ちゃん」の子ども文化への影響について、次のように述べている。

映画はすばらしい勢いで子どもの興味をとらえた。明治末にはじまった書き講談の小型本の立川文庫は猿飛佐助をはじめとする忍術使いや豪傑を作りだしたが、それを視覚化したかたちで大正初期には忍術映画が作られた。忍術映画の人気は当時の時代劇の大スターで、目玉の松ちゃんと愛称された尾上松之助が扮する忍術使いのまねなどをする忍術ごっこになって大正中期以後に流行した。

『近代日本総合年表』（第二版）には、一九一七（大正六）年の項に「《立川文庫》などから取材した尾上松之助「目玉の松ちゃん」主演のトリック映画（忍術・妖怪変化・活劇もの）濫作上映、小学生・大衆に大人気」の記録がある。*13一九一八（大正七）年七月に鈴木三重吉によって『赤い鳥』が創刊され、その創刊号に「蜘蛛の糸」が掲載された。前年の一九一七年五月には龍之介の第一創作短編集『羅生門』（阿蘭陀書房）が刊行されている。龍之介が自身の意識的な創作方法を探りつづけ、その中核に民衆への視点を持っていく過程の時期でもあった。

龍之介自身の書き残したものには、「目玉の松ちゃん」を見たという記述はない。しかし、当時の妖変ブームを知らなかったはずはないであろうし、まして『赤い鳥』に童話を書くとなれば、その対象である少年少女がどんな文化に関心を持っていたかを考えることは十分に想像されることである。しかも、怪異への関心が深まりつつある時期の妖変ブームに無関心であったと断言することはできない。つまり、龍之介の描いた童話には、この妖変ブームも何らかのかたちで影響を与えたであろうと推測されるのである。この妖変ブームを芥川童話成立の遠因にあげることができよう。

映画の幻想性

ところで龍之介は、活動写真の中の男に恋をしてしまった女中の話を「片恋」（『文章世界』一九一七・一〇・一）に書いている。この女中は、浅草公園で活動写真を見て、そのなかに出てくる男にほれてしまうが、その男の名前も居所も知らない。そのくせ、週に一度ずつこの男の出る活動写真を見に通ったという涙ぐましい恋物語である。なかでも、その女中が活動写真の終わった悲しさを語る場面は特に印象深い。女中は言う。「みんな消えてしまつたんです。消えて儚くなりにけりか。どうせ何でもさうしたもんね」と。

この「片恋」について、川本三郎は「映画の幻想性に惹かれて―芥川と映画―」[*14]で、龍之介が映画に関心を持った理由を分析している。

芥川龍之介の「片恋」で描かれているのも、映画の持つ幻想性である。芥川もまた、スクリーンに映し出される人間の影に惹かれている。映画のなかの人間は、しょせん実体のない影でしかない。しかし、いつしかその影のほうが実体よりも美しいものに見えてくる。「片恋」の芸者は、生身の人間よりも、スクリーンのなかの影のほうに心を奪われていく。

そして、映画の幻想性、映し出される実体のない影に実体以上の美しさがあることを指摘したうえで、当時の怪奇幻想映画の公開が映画の人気を高めた理由であるとして、次のように述べている。

映画のなかの世界と現実の世界が次第に重なり合っていく不思議な体験は、室生犀星も「魚と公園」(大正九年)のなかで描いているが、大正期の作家には、映画は何よりも幻想性のメディアとして意識されたのである。当時の映画がサイレント映画だったことも幻想性を強めた(静まりかえった劇場のなかで音のない映画を見ることの不思議さ)、また、大正時代になって、「プラーグの大学生」(大正三年)「ゴーレム」(大正五年)「カリガリ博士」(大正十年)といった怪奇幻想映画が次々に公開されたことも大きかった。

川本は、龍之介が映画の幻想性に強く惹かれ「映画の持っている表現形式の新しさに興味を覚えたことは確かである」と述べ、龍之介のドッペルゲンゲルへの傾斜について、映画の視角から指摘している。
「片恋」の芸者は、実際の人間よりも、スクリーンの影のほうを愛してしまう。〝もうひとりの人間〟に魅せられてしまう。ここには、芥川が晩年取り憑かれていく「ドッペルゲンゲル」(もうひとりの自分)の主題があらわれている。(中略―引用者)芥川が映画に惹かれたのは、単に新しい娯楽として面白かったからではなく、映画が、実体と影の分裂、もうひとりの自分という近代的病理を内にはらんでいたからである。

川本は、龍之介がドッペルゲンゲルに「晩年取り憑かれていく」と言っているが、実際は第一節で見たように、少なくとも高等学校在学中にはドッペルゲンゲルに関心を持ち始め、作家として自立する時期には明確に意識していた。

龍之介は「影」(『改造』一九二〇・九・一)にも、映画とドッペルゲンゲルを登場させている。それは、横浜の日華洋行の主人陳彩が寝室に妻房子と男がいるのを発見するが、それが実は自分自身であったという内容の映画である。「私」はある活動写真館のボックスで「影」という映画を見ていた。しかし、その終わり方が妙な気がして、となりの「女」に「今の写真はすんだのかしら」と語る。ところがプログラムには「影」という標題の写真は見当たらず、「おれは夢を見てゐたのかな」と言いながら「女」に「影」の梗概を話す。すると、「女」が「私も見た事があるわ」「お互に『影』なんぞは、気にしないやうにしませうね」と答えるという話である。

「影」という題名にも表れているが、龍之介が映画の持つ幻想性とドッペルゲンゲルとを結びつけて考えているのは明らかである。つまり、龍之介にとって、映画は、その幻想性、ドッペルゲンゲルの視角から強く興味をひかれたものであったのである。「目玉の松ちゃん」の妖変ブームや怪奇幻想映画の公開と龍之介の怪異、ドッペルゲンゲルへの関心の深まりの過程とが符合している。

2 心霊学の広がり

心霊学とドッペルゲンゲル

次に心霊学の影響について考えてみたい。一柳廣孝『〈こっくりさん〉と〈千里眼〉』[*15]によれば、一九世紀末から「こっくりさん」の流行が始まり、二〇世紀初めにかけて催眠術、千里眼の流行が続くことになるという。そして、この背後に台頭しつつあった心理学との接点を持った心霊学の広がりと深化があったことを実証的に論じ、心霊学の影響は文学の分野にも及び、夏目漱石を始め多くの作家にその刻印の跡を見ることができると述べている。

龍之介自身も、一九一三（大正二）年八月一二日付けの浅野三千三宛の書簡で「新聞によれば千里眼問題再燃の由本屋にたのみやりし福来博士の新著も待遠しく田舎の新聞が同問題の記事を少ししか出さぬが歯がゆく候」と書き、千里眼に対する関心の深さを示している。龍之介と心霊学との関係では、一柳の次の指摘が興味を引く。[*16]

芥川や豊島、梶井らの示す心霊学に対する関心は、むしろヨーロッパ世紀末文化の退廃的な感受性がもたらしたものだとも考えられる。大正期における都市の孤独、内攻する憂鬱などに象徴される「精神」の問題である。それは、白樺派の示す楽天的な「自己」とは正反対の、人間の生存の不安のみが肥大化する「意識」の問題にかかわる。

たとえば、自己分裂の恐怖が、ドッペルゲンガーというかたちで日本の文学テクストに登場しはじめるのは、このころである。芥川「二つの手紙」（大正六年九月「黒潮」）、同「影」（大正九年九月「改造」）、泉鏡花「眉かくしの霊」（大正十三年五月「苦楽」）、梶井「Kの昇天」（大正十五年十月「青空」）などだ。とくに芥川は、晩年にいたるまでドッペルゲンガーにこだわっている。

ここでも再びドッペルゲンゲルの問題が浮上する。心霊学とドッペルゲンゲルは表裏一体の関係として、当時の作家たちには理解されたのであろう。

「河童」の「娑婆界」

心霊学について考えるとき、忘れてならないのが浅野和三郎である。詳細は、第三節「芥川龍之介と海軍機関学校」で見るが、浅野は海軍機関学校での龍之介の前任者であったし、龍之介とも浅からぬ因縁があった。この浅野らが起こしたのが心霊科学研究会である。この研究会に類似する「心霊科学協会」での交霊会の様子を描いているのが龍之介の「河童」（『改造』一九二七・三・一）である。「河童」の該当箇所（「十五」）は次のようである。

僕を驚かせたのはトックの幽霊の写真よりもトックの幽霊に関する記事、――殊にトックの幽霊に関する心霊学協会の報告です。僕は可也逐語的にその報告を訳して置きましたから、下に大略を掲げることにしませう。但し括弧の中にあるのは僕自身の加へた註釈なのです。――

詩人トック君の幽霊に関する報告。（心霊学協会雑誌第八千二百七十四号所載）

わが心霊学協会は先般自殺したる詩人トック君の旧居にして現在は××写真師のステユデイオなる□□街第二百五十一号に臨時調査会を開催せり。列席せる会員は下の如し。（氏名を略す。）

我等十七名の会員は心霊学協会々長ペック氏と共に九月十七日午前十時三十分、我等の最も信頼するメディアム、ホップ夫人を同伴し、該ステュデイオの一室に参集せり。ホップ夫人は該ステュデイオに入るや、既に心霊的空気を感じ、全身に痙攣を催しつつ、嘔吐すること数回に及べり。夫人の語る所によれば、こは詩人トック君の強烈なる煙草を愛したる結果、その心霊的空気も亦ニコテインを含有する為なりと云ふ。

我等会員はホップ夫人と共に円卓を繞りて黙坐したり。夫人は三分二十五秒の後、極めて急劇なる夢遊状態に陥り、且詩人トック君の心霊の憑依する所となれり。我等会員は年齢順に従ひ、夫人に憑依せるトック君の心霊と左の如き問答を開始したり。

問　君は何故に幽霊に出づるか？

答　死後の名声を知らんが為なり。

（以下の問答は省略——引用者）

ピストル自殺をした河童の国の詩人トックの霊と交霊する場面である。龍之介は、交霊会の様子を具体的に記している。引用箇所の前に、トックの死後「写真師のステュデイオ」になっているトックの家にトックの幽霊が出る話、写真を撮るとトックの幽霊が写っている話も書いている。「十三」には、トックが自殺する前に遺した「いざ、立ちて行かん。娑婆界を隔つる谷へ。／岩むらはこごしく、やま水は清く、／薬草の花はにほへる谷へ」という詩を見て、哲学者のマッグが「トックはいつも孤独だったのです。……娑婆界を隔つる谷へ、……唯トックは不幸にも、……岩むらはこごしく……」と語る場面がある。

龍之介は、「河童」でも「娑婆界」に悩む人間のさまを、河童の世界に仮託して描く。「娑婆界」に生き、悩む民衆の像を描きつづけた龍之介は、当時流行した心霊学の装置に内在している実体と影の論理を活用して、「娑婆苦の為に呻吟」する民衆の生に執着する憂鬱と生の離反から生ずる怨恨を描こうとしたのである。龍之介が「娑婆界」の民衆に肉薄しようとすればするほど、彼の虚構精神は、幼時から彼の脳裏に刻印しつづけてきた神秘体験に深く根をおろすことになったのである。

神秘主義は、こうして怪異に傾斜していく芥川龍之介という〈実体〉に「娑婆苦」という深い〈影〉を落としていったのであった。龍之介は、「娑婆苦」という民衆の現実との格闘に我が身を置いた。そして、その現実を明瞭な輪郭をもって自己のうちに了解するためには、自己とは何かという問題に接近することを課題として、それが徹底した自己像幻視（ドッペルゲンゲル）という手法の有効性を時代と民衆を描く彼の作品のなかで実証しようとしたのであった。

三──芥川龍之介と海軍機関学校

1　海軍機関学校

浅野和三郎の影響

一九一六（大正五）年一二月、すでに東京帝大を卒業していた芥川龍之介は、恩師の畔柳都太郎の紹介で海軍機関学校の嘱託教授として英語を教えることになった。その前任者は、『英文学史』などの著書を持つ英文学者で、のちに「皇道大本」の理論的指導者として知られるようになる浅野和三郎であった。浅野は、かつての海軍機関学校同僚であった飯盛正芳を通じて大本に接近したということである。[*17] その後、一九一六（大正五）年四月に大本の出口王仁三郎と出会い、大本に急速にのめりこみ、彼に横須賀で講演をさせたということもあったようだ。この横須賀には大本の支部があり、浅野らが大本に入信した影響もあって、「海軍基地のある横須賀から海軍現役軍人の入信があいついだ」という証言もある。[*18] こうして大本の有力な存在となった浅野は、海軍機関学校を辞して京都の綾部に移住する。その後任が龍之介というわけである。

一方、海軍機関学校には、日本ではじめてブラヴァツキーの著作を翻訳したE・S・スティーブンソンやのちの日本心霊科学協会理事である宮沢虎雄がいた。[*19] スティーブンソンについては、龍之介は「スティイヴンソン君（仮）」で次のように述べている。[*20]

> スティイヴンソン君の僕を驚かしたのは超自然を信じてゐたことである。君は時時僕を相手に、君の友人の経験し、或は君自身の経験した心霊現象の話をした。その中には現にかう云ふ話もある。——或愛蘭土人（だつたと思ふ。生憎はつきりとは覚えてゐない）が一人、或セアンスに出てゐるうちに、突然まづ失神状態に陥り、それから妙な方言を滔々数千言しやべり出した。不思議なことにその方言は彼自身の一度も行つたことのない亜米利加の何処かの方言だつたさうである。が、不思議なことはそればかりではない。この愛蘭土人のしやべる所によれば、彼は南北戦争の時に北軍に従つた兵卒である。その又兵卒は或暗夜に前哨勤務についたまま、ふと巻煙草へマチの火を移した。移したと思つた瞬間に、彼（以下中断—引用者）
>
> チ《ママ》の火を移した。マチの火はぱつと一寸四面にあたりの闇を照らし出した。照らし出したと思つた瞬間に、彼

は彼の足もとに死骸の一つあるのを発見した。おやと思つてその死骸を見ると、意外にも彼自身の屍骸である。額を撃ち抜かれた彼自身である。彼は今マチの火を擦つた。擦つた途端に烱眼なる敵は忽ちその火へ一弾を送つた。彼は額を撃ち抜かれた。同時に又彼の霊魂は彼の肉体を脱離した。現在彼の（以下中断──引用者）

怪異に関心を示す同僚たち

さらに、海軍機関学校には、「冥土」など幻想的な作品を得意とした内田百閒や浅野の心霊科学研究会の創立メンバーの一人で神秘的な作品を多く書いた豊島与志雄らも龍之介の同僚として勤務することになった。これらの教官就任には、龍之介の尽力があった。[*21] また、この学校の校長であった木佐木幸輔や龍之介の海軍機関学校退官後も書簡のやりとりが続いた黒須康之介も心霊科学研究会のメンバーであり、神秘に興味や関心を寄せる人々が、龍之介の周囲に相当数いたことがわかる。[*22] 龍之介についての黒須の思い出に興味深い記述がある。二人が、江田島の海軍兵学校に出張した帰途の話である。

法隆寺のすぐ近くの宿に泊まりました。宿に著いたのは夕方六時半頃で、雨が降つて居りました。その宿屋は玄関に電燈が一つあるだけで座敷の方は洋燈でしたから、薄暗くてよく見えなかつたのですが、朦朧とした襖の絵を見て、流石にここいらには古い物があるねと云つて、芥川さんが感心して話されました。それが翌朝見ると雨漏りのしみでした。

それから著いた晩にその宿で風呂に入りますと、ここも薄暗くて、湯槽が二つ列んで居りまして、芥川さんが君そちらへ這入れ、僕はこつちへ這入ると云つて、大いに私をいたはつてくれました。私の這入つたのは、本当の五右衛門風呂で、その中にしやがんで見てゐますと、芥川さんの方は水桶で、中は空つぽだつたのです。

芥川さんがその中から長いすねを引き上げて、私の出るのを待つてゐました。その当時前歯の横の歯がかけてゐまして、人のいい笑ひ顔が今でも目の前にありありと浮かびます。芥川さんの這入つた桶は、翌朝見ますと、炭でも入れてあつたものと見えて、内側が真黒によごれて居りました。

このときの二人の思い出は、他愛もない失敗談というようなものであったのだろうが、この話題に神秘的なものを重ねてみると、単なる失敗談よりもある種奇異な体験と言ったほうがいいようなものであったと考えることもできる。心霊や神秘に関心を寄せる黒須と龍之介とのあいだで、こうしたささやかな不可思議を素材にして日常的に語りあわれていたことも想像されるのである。*23

2 「保吉の手帳から」

海軍機関学校時代の体験

ところで、すでによく知られているように、この海軍機関学校の経験をもとに、一連のいわゆる「保吉もの」が書かれる。「保吉もの」は、海軍機関学校教官堀川保吉を描いた作品群であり、龍之介の身辺の事情を素材に創作したものである。そのなかでも、『改造』(一九二三・五・一)の「保吉の手帳から」(原題「保吉の手帳」、のちに改題)は、芥川龍之介と海軍機関学校との関わりを考えるとき、とくに重視しておく必要がある。「保吉の手帳から」について、龍之介自身が四月一三日付の小穴隆一宛書簡で「君の自画像の向うを張り、僕も自画像を描いたけれど自信はあまりなし(保吉の手帳―改造)」と語っている。また、「保吉の手帳から」初出には冒頭に次の一文がある。

堀川保吉は東京の人である。二十五才《ママ》から二十七歳迄、或地方の海軍の学校に二年ばかり奉職した。以下数篇の小品はこの間の見聞を録したものである。保吉の手帳と題したのは実際小さいノオト・ブックに、その時時の見聞を書きとめて置いたからに外ならない。

これらの事実は、「保吉の手帳から」が海軍機関学校時代の龍之介の体験を素材にした作品であることを教えている。ただし、「保吉もの」が自伝的要素の強い作品であるとまで規定するのは、彼の私小説批判から考えても妥当ではない。森本修は「『保吉物』に描かれている保吉の教授ぶりと、教え子によって伝えられている龍之介の教授ぶりとではかなりの相違がみられる」としており、宮坂覺も「保吉物を〈自画像〉を描いた私小説的作品とみないのは定着しているといってよい」と報告している。[*24]

メモと草稿の内容

「保吉の手帳から」に関するものとして、『改造』に発表された「保吉の手帳から」以外に、龍之介が残したノートに記された「保吉の手帳」メモと「保吉の手帳から」草稿がある。この三つについては、メモと草稿には強い関連を見ることができるが、メモ、草稿と『改造』の「保吉の手帳から」とは、その内容を大きく異にしている。「保吉の手帳から」の成稿の過程で大幅なモチーフの変更があったことが推測される。

「保吉の手帳」メモには、「1　就任　大本教　軍人勅語　2　生徒　higher than English　lower than humanity　3　葬　4　ホの fool contempt　5　死　7　髪結床　Heroism　8　書庫　rogue authority なき為の親しみ　実は保吉も共犯者　9　入学試験　学校の humbug　10　東宮閣下　兵卒石をひらふ　honour　殿下と小石　11　上村教官　12　豊島教官　13　projet　14　Horace　水兵　植物　海」（6は欠─引用者）という十三の項目が立てられている。「1」には「大本教」「軍人勅語」の語も見られ、草稿との類似が認められる。

一方、龍之介の「保吉の手帳から」草稿は、「一　拝謁　一　式」という内容で中断しているが、その「一　式」には、浅野和三郎をモデルにしたと思われる浅井氏について次のような記述がある。


校長の式辞は何時になつても、尽きるところを知らなかつた。尤も生徒や教官は木乃伊のやうに厳粛にしてゐた。しかしそれが又保吉には一層堪へ切れない重荷だつた。彼はとうとう窘窮の余り、顔は少しも動かさずに、そつと浅井氏へ話しかけた。

「川村さんと云ふのですか、武官教官の首席にゐるのは？」

浅井氏はやはりこちらを向かずに、小声にかう云ふ返事をした。

「ええ、川村君。しかしありや狐ですよ。」

保吉は思はず問ひ返さうとした。が、咄嗟に了解した。浅井氏は出口王仁三郎の創めた大本教の信者だつた。大本教の説によれば、我我俗人は天狗を始め、狐や狸にとり憑かれてゐる。浅井氏はかう云ふ信仰により、川村大佐にとり憑いてゐるのは狐だと判断したのであらう。しかし「狐にとり憑かれてゐる」は「狐ですよ」の直截なのに若かない。保吉ははつきり瞼の裏に、首だけ狐になつてゐる海軍士官を思ひ浮べた。同時に微笑を噛み殺した。

その後のことは書かずとも好い。保吉はこの一語の為に、息苦しい退屈から救はれたのである。式には在職二年の間にまだ何度か参列した。が、もう浅井氏は彼の隣に二度と姿を現さなかつた。保吉は時時勇ましい軍人勅語を謹聴しながら、浅井氏の姿を思ひ出した。すると妙に寂しい気がした。浅井氏は夙に「クリスマス・キヤロル」や「スケツチ・ブツク」などを翻訳した、英吉利文学の紹介に貢献の多い篤学この草稿はここで中断しているが、たしかに内容的には十分練られていない印象を受ける。素材のおもしろさはあるものの、「川村さん」が狐であるという話を聞いた保吉が式の退屈さから救われたという記述をしただけのものである。しかし、浅野和三郎をモデルとした浅井氏の記述には、龍之介の浅野和三郎に対する親近の情を読みとることができる。また、浅野和三郎と龍之介との直接的な交流はなかったようだが、当時の主席教官豊島定を介して、二人は知己であったことが推測されるので、そのことから考えても、かなり親しみを感じていたのではないかと想像される。また、この草稿が成稿とならなかったのは、浅井氏を記述した文章には龍之介の神秘に対する思いが表面的であり、このままでは作品となり得ないと龍之介自身が判断したのではないかとも考えられる。

草稿に見られる「息苦しい退屈から救はれた」という記述は、彼の書簡の随所に表れる海軍機関学校時代の苦痛を伴った二重生活という表現を類推させるが、こうした息苦しさが日常化していると考えると、その息苦しさから逃れるための生活上の工夫がどこでも行われていたと想像される。その方法として、神秘に関心を寄せる人々が多数海軍機関学校に集まったという環境をも利用して、生来の神秘への関心をさらに深めたこともあながち間違いではないだろう。

「保吉の手帳から」の本文

では、『改造』の「保吉の手帳から」本文はどうだろうか。

全体の内容は、「わん」「西洋人」「午休み――或空想――」「恥」「勇ましい守衛」の項目立てになっている。各項目ごとに概要を見ると次のようである。

「わん」

レストランで十二、三歳の子供の乞食にネエベル・オレンヂを与える代わりに「わんと云へ」と迫る海軍機関学校主計官の悪戯を発見した保吉が、この行為に「人間は何処迄口腹の為に、自己の尊厳を犠牲にするか?」という実験を感じ、保吉自身「パンの為に教師になつた」ことを自覚する。結局、子供の乞食は「わん」と言い、オレンヂに飛びつく。一週間後、月給日に月給をもらいにいった保吉は、この主計官に「わんと云いませうか?」と言った。

「西洋人」

学校の往復に同じ汽車に乗りあわせる海軍機関学校の同僚タウンゼンド氏と幽霊の話をよくし、魔術、錬金術、オカルトサイエンスなどの話題に触れたとき、タウンゼンド氏がもの悲しそうに「神秘の扉は俗人の思ふ程、開き難いものではない。寧ろその恐しい所以は容易に閉ぢ難いところにある。ああ云ふものには手を触れぬが好い」と言った話、また、同じく同僚のスタアレット氏が最近の亜米利加大小説家は「ジキル博士とハイド氏」などの幻想小説で有名なロバアト・ルイズ・スティヴンソン、「最後の一葉」のオオ・ヘンリイであると紹介した話である。そのスタアレット氏に「教師と云ふ職業の退屈さ」を話したところ、彼が「教師になるのは職業ではない。寧ろ天職と呼ぶべきだ」と言い、ソクラテスやプレトオも教師の例としてあげたことに保吉が驚いた話も付け加えられている。

「午休み──或空想──」

午休みに、保吉が「こつち!　こつち!」と鶺鴒の道案内した小径を歩いていくと背の高い機関兵に目がとまる。保吉には見覚えのある気がしたが、実はそれは画家のポオル・ゴオギャンだった。テニス・コートで勝負を競う武官教官の打つ球の音がまるでシャンパンを抜く音に聞こえ、それを旨そうに飲む神々を讃美する。裏庭の薔薇のところで談笑する教官が毛虫になっている。また、応用科学を教えている海軍機関学校の教官が「おい、今夜つき合はんか?」という誘いをしたことに、悪魔に魂を売るファウストの一節の「一切の理論は灰色だが、緑なのは黄金なす生活の樹だ！」を思い浮かべる。タウンゼント氏が美少年になり、保吉自身が白頭の老人に変身している。

また、この作品について黒須康之介に宛てた四月二七日付書簡では、「この間少し学校のことを書きました　その中で××××先生を悪魔にしました　悪魔では勿体ないがまあ大負けに負けておいたのです」とも語っており、身辺的な日常を神秘に描き直すという、彼の創作意識が見て取れる。

「恥」

保吉は教科書の下調べをして授業に臨んだが、そこを予定より早く終えてしまい、そのため、残りの二十分を無茶苦茶に読み進めてしまう。学校の性質上、使用している英語教科書に頻出する海上用語に難渋し、教えることが「タイフウンと闘ふ帆船よりも、壮烈を極めたもの」であったと実感する保吉のすがたが描かれている。

「勇ましい守衛」

夜警中に鉄盗人と激しい格闘をした守衛と、格闘中に彼が逆に海に放りこまれたという話をしているときに、話題が泥棒をつかまえたときの賞与の話に及び、無理につかまえようと思えば一人位はつかまえられたけれども、「それつきりの話」で「賞与も何も貰へないのです」と守衛が語ったのを聞き、そのとき「賞与さへ出るとなれば、誰でも危険を冒すかどうか?」と保吉が語る。そこで保吉が煙草をくわえたとき、守衛が擦ってくれたマッチの火が彼の「武士道を冥冥の裡に照覧し給ふ神神の為に擦られた」と感じる。

このように作品の梗概を見てみると、口腹や賞与と自己の尊厳との関係を扱った「わん」と「勇ましい守衛」のあいだに、神秘、変身、悪魔などを素材にした神秘的な内容の「西洋人」「午休み」と、海軍機関学校での教員生活の悩みを吐露する「恥」を挟みこんだオムニバス形式の作品であることがわかる。先に見たように、「保吉の手帳から」は、その草稿やメモとは大きく異なっている。ここには、龍之介の何らかの意図が当然働いているわけだが、「保吉の手帳から」が、その意図的な所産であることを考えると、本文の構成も計算し尽くされた結果である。したがって、人間の尊厳の問題を大枠に置いたうえで、その間に神秘、変身、悪魔などのモチーフを据えるということは、人間の尊厳の問題と神秘が密接不可分な内容であることを読者に感じとらせる結果になっている。このことから、人間の尊厳という問題の奥に潜む、神秘の諸相があることを龍之介は意識していたのではないかという予測が成り立つのである。それは、彼が自己とは何かという問いを考えるひとつの重要な指標でもあったと言いかえることもできる。

かつて、松谷みよ子が、軍隊は死と隣り合わせになっているため、その分だけ多くの幽霊のはなしがかわされたということを語っていたが、[*25] 海軍機関学校というといういつか死に直面せざるを得ない環境にあるなかで、神秘なものに関心を持つ雰囲気が作られていたことも想像されるのである。

以上をまとめると、なかには憶測や推理も含まれてはいるけれども、海軍機関学校という存在は、神秘の事象に深い関心を寄せつづけた龍之介にとって、自己像と神秘との関わりを深く考えていく格好の場であり、龍之介自身もその環境を活かして神秘的な創作意識をますます顕在化させたと考えることができるのである。

注

＊1　三好行雄「小説家の誕生―「羅生門」まで」『芥川龍之介論』筑摩書房、一九七六年九月三〇日、引用は『三好行雄著作集　第三巻　芥川龍之介論』筑摩書房、一九九三年三月一〇日、二八頁。

＊2　葛巻義敏編・芥川龍之介『椒図志異』（写真版複製）ひまわり社、一九五五年六月一五日。

＊3　恒藤恭「友人芥川の追憶」『旧友芥川龍之介』朝日新聞社、一九四九年八月一〇日、一五、二七頁。
＊4　『聊斎志異』は清の蒲松齢作の短編小説集。一六七九年成立。
＊5　「骨董羹」『人間』第二巻第六号、一九二〇年六月一五日。のち『点心』（金星堂、一九二二年五月二〇日）に収録。なお、本文中の「支那」の呼称については、本稿では原作のままとし「支那」と表記していく。
＊6　「文芸雑話　饒舌」『新小説』第二三年第五巻、一九一八年五月一日。
＊7　葛巻義敏「解説」、同編・芥川龍之介『椒図志異』（写真版複製）ひまわり社、一九五五年六月一五日。「白獣」は山梨県立文学館編『芥川龍之介資料集2』（一九九三年一一月三日）で確認できる。『芥川龍之介資料集2』には「椒図道人墨戯」も残されており、芥川の号であったことが知られる。
＊8　「今昔物語鑑賞」『日本文学講座』第六巻、新潮社、一九二七年四月三〇日。
＊9　今泉真人「芥川文学と『杜子春』―特に龍之介の人間性にふれて―」（『語文』一九六八年九月）など。「半年ばかり前から悪くこだはつた恋愛問題の影響で、独りになると気が沈んだから、その反対になる可く現状と懸け離れた、なる可く愉快な小説が書きたかつた。そこでとりあへず先、今昔物語から材料を取つて、この二つの短編を書いた」（「あの頃の自分の事」『中央公論』第三四巻第一号、一九一九年一月一日）を根拠としている。
＊10　＊1に同じ。
＊11　『明治大正図誌』第三巻、筑摩書房、一九七九年三月一五日、四八頁。
＊12　加太こうじ「あそび・玩具・見世物・その他」滑川道夫・菅忠道編『近代日本の児童文化』新評論、一九七二年四月三〇日、一八六頁。
＊13　岩波書店編集部編『近代日本総合年表』第二版、岩波書店、一九八四年五月二五日、二三二頁。
＊14　川本三郎「映画の幻想性に惹かれて―芥川と映画―」『図書』岩波書店、一九九五年一〇月一日、五六頁。
＊15　一柳廣孝『〈こっくりさん〉と〈千里眼〉』講談社、一九九四年八月一〇日。
＊16　＊15に同じ、一九七頁。

＊17　＊15に同じ、二〇二頁。
＊18　松本健一『神の罠――浅野和三郎、近代知性の悲劇』新潮社、一九八九年一〇月一〇日、三八頁。
＊19　＊15に同じ、二〇二頁。
＊20　『芥川龍之介全集』第二二巻「後記」（石割透）には、「一九二四（大正一三）年頃に執筆された、と推測される」とある。
＊21　内田百閒『私の「漱石」と「龍之介」』筑摩書房、一九六九年五月二〇日。内田百閒が海軍機関学校に勤務するようになったいきさつは同書に詳しい。
＊22　関口安義『豊島与志雄と児童文学　夢と寓意の物語』久山社、一九九七年九月一二日、九三頁。
＊23　＊21に同じ。引用は、ちくま文庫版（二四一～二四二頁）によった。
＊24　森本修『新考・芥川龍之介伝　改訂版』北沢図書出版、一九七七年四月一〇日、二〇三頁。宮坂覺「保吉の手帳から」『芥川龍之介必携』一九七九年冬季号、學燈社、一九七九年二月一〇日、一二二頁。
＊25　松谷みよ子のＮＨＫ人間大学「現代民話」（一九九六年三月～六月放映）の一つのモチーフは、戦争と民話であった。松谷は、この放映で、現代民話で語られる内容に戦争で亡くなった死者の無念の思いがあることを繰り返し語った。

第二章　童心と神秘——芥川龍之介と北原白秋——

一――白秋の芥川龍之介への影響

若き日の芥川龍之介が北原白秋の強い影響を受けていたことについては、すでに木俣修や佐々木充らの指摘がある。木俣修は、「文芸的な、余りに文芸的な」における龍之介の白秋に関する言及を整理した「芥川龍之介の白秋観」で次のように述べている。[*1]

「新感覚派」という文章の中では「少くとも詩歌は如何なる時代にも『新感覚派』の為に進歩してゐる。『芭蕉は元禄時代の最上の新人だつた』と云ふ室生犀星氏の断案は中つてゐるに違ひない。芭蕉はいつも文芸的にはいやが上にも新人にならうと努力してゐた。小説や戯曲もそれ等の中に詩歌的要素を持つてゐる以上―広い意味の詩歌である以上、いつも『新感覚派』を待たなければならぬ。僕は北原白秋氏の如何に『新感覚派』だつたかを覚えてゐる。」と記述している。

芥川龍之介がこのような絶大の讃辞を白秋の初期の散文に与えていることは注目に値する。白秋の文章が文壇に与えた影響を計量するのに重要な文献であると思う。

白秋の影響が龍之介にまで及んでいることを龍之介自身が明らかにしている。木俣は、続いて「『桐の花』と龍之介」で、龍之介が青年期に親しんだ短歌の世界で白秋の模倣が強いことを龍之介の実作を検討しながら述べる。[*2]

『心の花』大正三年五月号に芥川龍之介が「柳川隆之介」の名を以て「紫天鵞絨」と題する一連の歌を発表しているのを見た。大正三年と言えば龍之介は大学入学の二年目で諸友と第三次『新思潮』を発刊し、その誌上に処女作「老年」を発表した年である。その歌は次のようなものである。

1・やはらかく深紫の天鵞絨をなづる心地か春の暮れゆく

2・いそいそと燕もまへりあたゝかく郵便馬車をぬらす春雨

（以下省略――引用者）

以上の歌を一読すれば、これらのすべては例外なく白秋の『桐の花』の模倣以外の何物でもない事を発見するであろう。この感覚情緒は言うまでもなく、そのリズム、その一語一句の末に至るまですべて『桐の花』ひといろに染め尽くされている。『桐の花』の世に出て後、約一年の後の作であることを思えば、才子龍之介が如何に『桐の花』に心酔していたかと言う事が解るのである。

佐々木充は、この木俣の論考を引き継ぎ、「龍之介における白秋」[*3]で、まず龍之介への白秋の影響を論じた吉田精一や中村真一郎の先行研究を整理している。

芥川龍之介における北原白秋という問題設定はむろんこと新しいものではない。龍之介研究の伝記的側面と文学論的側面を代表する吉田精一氏の『芥川龍之介』、中村真一郎氏の『芥川龍之介の世界』には、大正二年晩夏の書簡にある短歌が引かれていて、「明らかに北原白秋の『桐の花』の頽唐的歌風を模倣してゐる」（吉田氏）ものであり、この期の龍之介に「影響をあたえた同時代の文学は、北原白秋や木下杢太郎や吉井勇のような、『パンの会』の頽唐趣味の所産だったらしく見える」（中村氏）と指摘されているのである。

佐々木は、こう述べたうえで「結論は出ているようなものである」としながらも、「龍之介において白秋がどんな意味をもちどのように機能したかの実際についての調査や論考は案外と少ない」とし、「龍之介における白秋はかなり基本的なところで龍之介にかかわっていて、もっと注目してみなくてはならぬ問題のように思われる」と問題提起する。そして、先に見た木俣修の論考に触れながら、龍之介の短歌、詩、散文に白秋の影響がどのように表れているかを考察し、「歌に散文に詩に、やはり大正二・三年までの龍之介に白秋の落とす影は大きき」く、当時の筆名柳川隆之介が白秋の生地柳川と白秋の本名隆吉を意識したものであることを示し、次のように結論するのである。

龍之介がこれほど白秋にのめりこんだのは、基本的なところで、龍之介と白秋の資質が相似ていたからではあるまいか。七歳年長の白秋の仕事は、多分、龍之介が心に抱きつつなお表現をえられなかったものに、つぎつぎと形をあたえていったものだったのではあるまいか。龍之介は一歩遅れた少年として白秋に瞠目し憧憬し、そしてそれを乗り越えねばならなかったのである。そのためには、まず、龍之介は白秋の眼を、白秋の感覚を、言葉を、文体を、わがものとしなければならなかった。白秋を模倣することは、彼にとって自己に表現をあたえることであり、それは観念の上において白秋の仕事を自分の仕事に転化し、強引にみずからの飛躍のスプリング・ボードとすることでもあったのだ。

佐々木の指摘は、『赤い鳥』における龍之介と白秋との関係にもあてはまる。一九一八（大正七）年七月に創刊された『赤い鳥』の冒頭に掲げられた「「赤い鳥」の標榜語《モットー》」に「賛同せる作家」として並べられた龍之介と白秋は、ともに鈴木三重吉の依頼で童話や創作童謡を書きつづけることになった。白秋から多大な影響を受けた龍之介は、自身が童話を寄せた『赤い鳥』に掲載された白秋の創作童謡を読んだであろう。龍之介が、その白秋の童謡からも再び何らかの影響を受けたと考えることは全く不当なことではない。事実、龍之介の童話には、白秋の童謡と類似した表現や内容を見出すことができる。本章では、『赤い鳥』における龍之介と白秋との関係について、童心と神秘の視角から彼らが創作した作品を分析し、芥川龍之介の童話に北原白秋がどのような影を落としているかを見ることにする。

二――『赤い鳥』における芥川龍之介と白秋

1　白秋の童謡と龍之介の童話「犬と笛」

白秋の「りす〳〵小栗鼠」

白秋は、『赤い鳥』第一巻第一号に次のような童謡「りす〳〵小栗鼠《こりす》」を発表している。

栗鼠《りす》、栗鼠《りす》、小栗鼠《こりす》、
ちよろ〳〵小栗鼠《こりす》、
杏《あんず》の實《ミイ》が赤《あアか》いぞ、

食《た》べ、食《た》べ、小栗鼠《こりす》。
栗鼠《りす》、栗鼠《りす》、小栗鼠《こりす》、
ちよろ〳〵小栗鼠《こりす》、
山椒《さんしょ》の露《つウゆ》が青《あアを》いぞ、
飲《の》め、飲《の》め、小栗鼠《こりす》。

栗鼠《りす》、栗鼠《りす》、小栗鼠《こりす》、
ちよろ〳〵小栗鼠《こりす》、
葡萄《ぶだう》の花《はアな》が白《しイろ》いぞ、
揺《ゆ》れ、揺《ゆ》れ、小栗鼠《こりす》。

「りす〳〵小栗鼠」は、杏や山椒、葡萄の木の上で、リスがちょろちょろと動き回るようすをユーモラスにリズミカルに描いている。赤い実をつけた杏、青い露をたくわえた山椒、白い花をいっぱいつけた葡萄の生命感にあふれた描写と動き回るリスとが重ねられると、生命の躍動するリズムが伝わってくる。また、赤、青、白の表現技巧も印象的であるし、「食べ」「飲め」「揺れ」もリスの生きたすがたをとらえていて興味深い。この「食べ」「飲め」「揺れ」の表現は、リスを見ている子どもが命令するかたちをとることで、対象となった生命との客観的距離までたしかに感じとることができるのである。

龍之介の「犬と笛」

一方、龍之介は、同じ『赤い鳥』第一号に「蜘蛛の糸」を寄せた後、「犬と笛」を一九一九（大正八）年一月一日、一五日発行の『赤い鳥』第二巻第一、二号に連載した。*4

「犬と笛」は、大和の国葛城山の麓に住む髪長彦という貧しい木樵の物語である。髪長彦が笛を吹くと「草はなびき、木はそよぎ、鳥や獣はまはりへ来て、ぢっとしまひまで聞いてゐ」た。笛の〈力〉で自然を従わせるのである。

ある日のこと、髪長彦が笛を吹いていると、青い勾玉をぶらさげた、足の一本しかない大男が現れた。大男は、髪長彦の笛の音に誘われて、毎日面白い思いをしてきたので、そのお礼に好きなものをやろうと言う。そこで、髪長彦は「私は犬が好きですから、どうか犬を一匹下さい」と答えた。大男は「お前はよつぽど慾のない男だ。しかし、その慾のないのも感心だから、外にはまたとないやうな不思議な犬をくれてやらう」と、「どんな遠いところのことでも嗅ぎ出して来る」という「嗅げ」という名の白犬をくれた。翌日、今度は黒い勾玉を首にかけた、手の一本しかない大男、手一つの神が現れて、「百里でも千里でも空を飛んでゆくことが出来る」という「飛べ」という黒犬をくれた。その翌日には、赤い勾玉を飾りにした、目の一つしかない大男、目一つの神が現れて、「どんな恐ろしい鬼神でも、きつと一嚙みに嚙み殺されてしまふ」という斑犬の「嚙め」をくれ、「お前が笛を吹きさへすれば、きつとそこへ帰つて来る」と言い残していった。

「嗅げ」「飛べ」「嚙め」という三匹の犬は、犬が本来備えている嗅覚などの能力を極端に表現したものであることがわかる。命令形の名前は、犬がみずからの意志で動くのではなく、何らかの〈力〉によって動かされるものであることを示唆している。

三匹の犬を連れた髪長彦は、往来を通りかかった二人の年若い侍から、飛鳥の大臣の二人の姫様が「鬼神のたぐひにでもさらはれた」という話を聞く。そこで、髪長彦は「嗅げ」に姫様を探させ、「飛べ」に姫様を虜にしている食唇人のところへ飛ばせ、「噛め」に食唇人を噛ませた。同じように、もうひとりの姫様を虜にしている土蜘蛛を「嗅げ」に探させ、その居場所まで「飛べ」を飛ばせて土蜘蛛を退治するために出かけた。しかし、土蜘蛛のほうが策略に勝っており、髪長彦と三匹の犬を洞穴に閉じこめてしまった。髪長彦が一心不乱に笛を吹き、「噛め」が笛の音に聞きほれている土蜘蛛を噛み殺した。姫様を助け出した髪長彦は、二人の姫から金と銀の櫛を髪に挿してもらった。

ここまでの場面では、嗅ぐ力、飛びはねる力、噛む力という三つの犬の能力を、それぞれの犬の持つ特別の能力として犬の名前で示していることがわかる。三匹の犬は髪長彦の命令で、それぞれの働きをしているわけである。犬が本来備えていた動物的な三つの能力を分解して特化させ、再び笛の〈力〉で統合されているかのように表現されているのである。

姫様を助け出した髪長彦は再び二人の侍に出会う。ところが、笛の〈力〉を知った彼らに笛を取られ、姫様救出の手柄を横取りされる。それを知った姫たちは、風になって笛を取り戻しに行き、笛を手にした髪長彦が大臣の前に現れ、偽りを大臣に報告する侍の前に出る。そこで姫たちが「私たちを助けましたのは、髪長彦でございます。その証拠には、あの人のふさ〳〵した長い髪に、私たちの櫛をさして置きましたから」と告げ、二人の侍の悪巧みが露呈した。髪長彦は姫様のひとりと結ばれる。物語は「どちらのお姫様が髪長彦のお嫁さんになりましたか、それだけは何分昔のことで、今ではははつきりと分つてをりません」と締めくくられている。

また、足一つの神、手一つの神、目一つの神にも注目すると、それぞれの神は、足、手、目という人間や動物にとって重要な身体機能を名称に持っていることがわかる。しかも、「一つ」と名づけられたことで、三つの神に分けられた身体機能が特化された〈力〉を持つ印象を与えている。柳田国男の影響と見られる神の表象にも、犬と同様の分身の意識を指摘することができる。つまり、足一つの神、手一つの神、目一つの神という三人の神に与えられた「嗅げ」「飛べ」「噛め」という三匹の犬には、人格の分身と統合の意識が見えるのである。また、自然を支配する笛の〈力〉にも、使い方、持ち方によって善にも悪にもなるという発想のありようを見ることができるのである。つまり、この貧しい木樵の物語は、神と犬に仮託された自己の分身と統合の物語として描かれたことがわかる。しかも、手、足、目一つの神や分身された犬、笛や勾玉の力など神秘に彩られた物語ともなっていたのである。

2　龍之介と『赤い鳥』

龍之介の書簡

では、この「犬と笛」を創作した当時の龍之介と『赤い鳥』とはどういう関係にあったのだろうか。それを探るために、彼の書簡を追ってみることにする。

一九一八（大正七）年五月一六日　小島政二郎宛

御伽噺には弱りましたあれで精ぎり一杯なんです但自信は更にありませんまづい所は遠慮なく筆削して貰ふやうに鈴木さんにも頼んで置きました

龍之介の書簡に『赤い鳥』のことが記された最初のものである。鈴木三重吉から『赤い鳥』創刊号に執筆を託された龍之介は、小説には相当手馴れていたけれども、初めての童話である「蜘蛛の糸」には自信がないので三重吉に筆削まで依頼している。事実、三重吉は、「御釈迦様」「御歩きに」を「お釈迦様」「お歩きに」、「朝なのでございませう」を「朝でございました」など多くの語句や文章を改め、さらに必要な改行を施すなど、龍之介の「蜘蛛の糸」を筆削して『赤い鳥』創刊号に掲載した。龍之介は、『赤い鳥』創刊号を読んだ感想を『赤い鳥』の編集を手伝っていた小島政二郎に次のような書簡にして送っている。

一九一八（大正七）年六月一八日　小島政二郎宛

今日鈴木さんの御伽噺の雑誌を見ました　どれをよんでも私のよりうまいやうな気がします　皆私より年をとつてゐて小供があるからそれで小供の心もちがうまくのみこめてゐるのだらうと思ひます

一九一八（大正七）年六月二三日　小島政二郎宛

鈴木さんのは仮名と漢字の使ひ方ばかりでなくすべてがうまいやうです　とてもああは行きません今度亦鈴木さんのおだてに乗つて一つ御伽噺を書きました　出たら読んで下さい

徳田秋声小山内薫誠は小島政二郎などは驚きます　昔の狂言にだつてそんなのはありますまいどこかでゴシツプで「面あかり」を出してあげませうか

「蜘蛛の糸」の掲載された『赤い鳥』創刊号を龍之介が読んでいたことは、これらの書簡で明らかである。また、「徳田秋声小山内薫誠は小島政二郎などは驚きます」以下の記述は、徳田秋声や小山内薫の名で書かれた童話が実は小島政二郎の代作であることを龍之介が知っており、『赤い鳥』の内部事情にも精通していたことを示している。[*5]つまり、龍之介は『赤い鳥』にある程度の思い入れがあり、ここに童謡の面から『赤い鳥』に傾注した白秋と龍之介との接点が生まれるのである。さらに、小島政二郎宛ての書簡には次のようなものもある。

一九一八（大正七）年一〇月一八日　小島政二郎宛

「赤い鳥」巻頭の鈴木さんの御伽噺うまく書いてあるので大に感心、たとへば野上さんのなどにくらべると
まるで段がちがつてゐます　あれは技巧がうまいとか何とか云ふ問題ぢやありません　もつと本質的な表現上
の大問題に原因してゐるのです　何と云つたつて三重吉だよと自分の御伽噺が蹣跚としてゐる丈に余計敬服し
てしまひました

これは、『赤い鳥』一九一八年一一月号についての感想である。こうして龍之介の書簡を追ってみると、龍之介が『赤い鳥』創刊号から一一月号までを丁寧に読んでいることが推測される。

次に、龍之介が一九一九年一月一日及び一五日発行の『赤い鳥』に連載した「犬と笛」を創作した経緯を彼の書簡から追ってみる。

一九一八（大正七）年九月二二日　小島政二郎宛

あした一日休みがあるから御伽噺をやつて見ます
どうせ好い加減ですよ　それでようござんすか

一九一八（大正七）年一〇月二日　小島政二郎宛

御伽噺のメ切何時ですか知らせて下さい

一九一八（大正七）年一〇月一四日　小島政二郎宛

御伽噺は甚い丶加減なもので恐縮し切つてゐます　長い方が短いのより余程わけはない「蜘蛛の糸」の方が

もつと苦しみました

白秋の創作童謡

『赤い鳥』一一月号の感想を記した書簡が一〇月一八日付けであったことから判断すると、龍之介が『赤い鳥』創刊号から一一月号を読んだあいだに、「犬と笛」を書いているのがわかる。『赤い鳥』には白秋の創作童謡が毎月一、二篇掲載されている。なかでも、次の三篇の童謡は龍之介の「犬と笛」への白秋童謡の影響を考えるうえで重要である。

「とほせんぼ」（八月号）

赤《あ、か》い〳〵鳳仙花《ほうせんくわ》。
白《しいろ》い〳〵鳳仙花《ほうせんくわ》。
その中《なか》くゞつて通《とほ》りやんせ。

赤《あ、か》い花《はな》ちるよ。
白《しいろ》い花《はな》ちるよ。
いや〳〵おまへは通《とほ》しやせぬ。

「まる木橋《きばし》」（九月号）

ここは谷川《たにがは》、丸木橋《まるきばし》。
赤《あか》い帽子《ばうし》をかぶつた子供《こども》、
黒《くろ》い帽子《ばうし》をかぶつた子供《こども》、
青《あを》い帽子《ばうし》をかぶつた子供《こども》。

渡《わた》るにやあぶなし　戻《もど》られず、
みんなが前向《まへむ》き、一《いち》、二《にい》、三《さん》、
みんなが後向《あとむ》き、一《いち》、二《にい》、三《さん》。

赤《あか》い帽子《ばうし》は笑《わら》ひ出《だ》す、
黒《くろ》い帽子《ばうし》は泣《なあ》き出《だ》す、
青《あを》い帽子《ばうし》は怒《おこ》り出《だ》す。

みんながびくびく、一《いち》、二《にい》、三《さん》、
みんながぶるぶる、一《いち》、二《にい》、三《さん》。

「赤《あか》い鳥《とり》小《こ》鳥《とり》」（一〇月号）

鳥《とり》の巣《す》

あれ、あれ、なあに。
ありや、鳥《とり》の巣《すう》よ。
あの巣《すう》をとろか。
あの木《き》は高《たか》い。
あの山《やま》のぼろ。
あの山寒《やまさむ》い。
なぜ〳〵寒《さむ》い。
夕焼《ゆふやけ》が寒《さむ》い。
まだ空赤《そらあか》いに。
それでも、風《かうぜ》はさあむいよ。

赤《あか》い鳥小鳥《とりことり》

赤《あか》い鳥《とり》、小鳥《ことり》、
なぜ〳〵赤《あか》い。
赤《あか》い實《み》をたべた。

白《しろ》い鳥小鳥《とりことり》、
なぜ〳〵白《しろ》い。
白い實《み》をたべた。
青《あを》い鳥《とり》、小鳥《ことり》、
なぜ〳〵青《あを》い。
青《あを》い實《み》をたべた。

「とほせんぼ」「まる木橋」「赤い鳥小鳥」のどれも、ともに色彩表現が豊かであり、読み手に鮮やかな色彩を印象づける。また、「とほせんぼ」の「おまへ」は、子どもに呼びかけたのであろうが、どうして「通りやんせ」と言ったあとで「通しやせぬ」と語るのか不思議な感興を起こさせる作品であり、この「通しやせぬ」「通りやんせ」と呼びかける相手は季節のようでもある。

「まる木橋」には、「みなさんもしてごらんなさい。遊動圓木の上でも、丸太で橋をこしらへてもいゝでせう。『みんなが後向き』といふ時には、そろつてくるりと向き直らなければいけません。それから、一しよに笑つたり、泣いたり、おこつたり、『みんながびくびく』『ぶるぶる』のところでは、みんなでびくびくぶるぶるするのですよ。それを上手におやりなさい」と白秋の自註がつけられている。子どもが笑ったり、泣いたり、怒ったりする自然な気持ちや、みんなで同じことを繰り返す楽しさを味わおうとする気持ち、あるいはびくびくぶるぶると未知の領域へ踏みこもうとする気持ちは、たしかに子どもの純粋な心性であり、そういう心性を持つ子どもにある種の畏敬の念を感じている作者のすがたまでもが想像される童謡である。

また、白秋童謡のなかでも現在までとりわけ著名な「赤い鳥小鳥」は、赤、白、青の色彩の鮮やかさが特徴である。しかも、赤い鳥が赤いのは赤い実を食べたから、白い鳥が白いのは白い実を食べたから、青い鳥が青いのは青い実を食べたからという表現からは、自然の神秘を感じとることができる。

龍之介の童話「犬と笛」と白秋のこれらの童謡を比べてみると、色彩表現や命令形のレトリックの共通点に気づく。「犬と笛」では、青、黒、赤の勾玉や白、黒、斑の犬が物語に鮮やかな色彩表現を与えているし、白秋の童謡では、赤い杏、青い山椒の露、白い葡萄の花を表現した「りす〳〵小栗鼠」、赤、白の鳳仙花を描いた「とほせんぼ」、赤、黒、白の帽子をかぶった子どもを描いた「まる木橋」、赤、白、青の小鳥を描いた「赤い鳥小鳥」のそれぞれの鮮明な色彩表現が印象深い。また、「犬と笛」の「嗅げ」「飛べ」「噛め」という命令形の名を持った犬の描写、「食べ」「飲め」「揺れ」の命令形で小栗鼠に呼びかける「りす〳〵小栗鼠」の表現にも共通点を見出すことができるのである。

さらに、「犬と笛」に描写された、勾玉を首にかけた神の持つ〈力〉や髪長彦が笛の音で自然をなびかせる〈力〉と、白秋の童謡に表現された、リスの躍動感を生み出している生命の〈力〉、鳳仙花の赤白の花を生み出す生命の〈力〉、子どもが笑い泣き怒る心性を生み出す生命の〈力〉、赤い小鳥が赤い実を食べ、白い小鳥が白い実を食べ、青い小鳥が青い実を食べる自然の〈力〉との類似性も興味深いものがある。これらの自然の〈力〉は「神秘」と呼んでいい何ものかを表現しているといってよいであろう。

3 「なぜ」の問い

こうした表現上の類似に加え、両者の共通点としてより重要で本質的なのは「なぜ」の問いである。白秋は、彼の童謡に描いた自然の諸事象を「なぜ」の問いで包みこもうとする。たとえば、「赤い鳥小鳥」では、「鳥の巣」を「あれ、あれ、なあに」、「あの山」を「なぜ〳〵寒い」と問い、さらに赤い小鳥を「なぜ〳〵赤い」と問いかけ、「ありや鳥の巣よ」「夕焼けが寒い」「赤い實をたべた」と問いへの答えを子どもの視点で直感できるものにしているのである。つまり、単純に内面に入りこむのではなく、現象として子どもが理屈でわかる答えを与えているのである。これは、彼の詩人としての資質、つまり直感に生きる大らかさが、自然の事象を自然のままに見つめていることを示している。

一方、龍之介は、この白秋の「なぜ」の問いをあたかも受けつぐように彼の童話で「なぜ」の問いを内在的に表現する。「犬と笛」では、髪長彦の笛の〈力〉や手、足、目一つの神が生み出す〈力〉の不思議、「嗅げ」「飛べ」「噛め」という犬に分身された犬の〈力〉がそれ単独としても〈力〉を発揮するし、集合体としても〈力〉を発揮するという不思議を表現している。さらに、「犬と笛」以後の童話でも、物語の進行につれて読み手が「なぜ」と問いたくなる展開を用意している。たとえば、杜子春はなぜ仙人になれないほうがいいと思うようになったのかと問う「杜子春」、欲を出した途端に現実に戻ってしまうのはなぜかと問う「魔術」、白犬が黒犬に変わってしまったのはなぜかを問いかける「白」の世界へと繋いでいく。つまり、龍之介は、「なぜ」と問うだけで終わらず、その問いをそれぞれの作品のモチーフとして扱い、さらにこの問いを深化させていったのである。これが、龍之介が神秘的な童話を次々と書きつづけたひとつの動機であったし、この問いをさらに追いかけつづけたところに、合理的なものを越えて直観的に象徴されるものを分析的に追究していった龍之介の作者としての資質を見ることができるのである。

もちろん、白秋の「なぜ」の問いとそれへの解答の与え方は、龍之介のそれとは明らかに位相を異にしている。

白秋が「なぜ」と問いかける対象は、自然の事象にある不思議であり、そこに神秘を見ている。なかでも、私たちが自然と呼んでいるものの根源にある生命の〈力〉を写実的に表現することに重心が置かれている。これは、後にも見るように子どもの場合も同様である。「まる木橋」でも、大人の目から見る、泣いたり笑ったり怒ったりする子どもの心性のわからなさをそのまま表現しようとし、そこに生命の神秘を見るのである。

ところが、龍之介の場合は、「なぜ」の問いは自己とは何かという問題に密着している。たとえば「犬と笛」では、分身された犬に形象された自己の分身の問題が「なぜ」という問いのかたちで表現される。自己と呼ばれる統一体が、ときには分身され、ときには集合され、そのときどきに応じて違った働きをする問題と言い換えてもいい。しかも、その自己とは何かという問題に寄り添う「なぜ」という問いは神秘に表象されるのである。この場合の神秘は、白秋のそれとは違い、超自然の現象や怪異として立ち現われる。これは「犬と笛」ばかりでなく、彼の描いた童話すべてに該当するのである。しかし、こうした位相の違いはあるけれども、「なぜ」の問いを枠組みにして神秘へと向かう方向性は、両者に共通する問題であると考えることができよう。

このように、龍之介の書簡、「犬と笛」の表現や内容と白秋の童謡のそれとを比較すると、「犬と笛」には白秋の童謡の影響を認めることができる。しかも、龍之介の童話も白秋の童謡も、神秘的な内容を持っており、彼らが子どもに向かうとき、神秘の視角は重要な核心をなしている。そして、彼らが神秘的な内容を作品化した背景には、とくに白秋が具体的に展開した独自の童心観と神秘との関係があり、龍之介も小説家の直感で、それを白秋の童謡から感じたのではないか。

ここで次に龍之介に影響を与えた童謡を生み出した白秋の童謡観を検討する前に、神秘をどう考えるかを明らかにしておく必要がある。序章で概観したように、一般に「神秘」と呼ばれるものには、ロマンティックなもの、宗教や心霊学、妖怪や怪異、生命や自然、非論理的で超自然なもの、幻想や夢幻など意識内部のものという、おおよそ六点の内容を考えることができる。白秋の場合は、生命や自然のもつ不思議を神秘と見ているのに対して、龍之介の場合は、妖怪や怪異、超自然なものに共感していることはすでに見たとおりである。これは、先に見た両者の資質の違いから来るものであろうが、いずれにせよ神秘が彼らの創作意識の奥深くに息づいていることは認めねばなるまい。

三――白秋の童謡観と芥川龍之介

1　白秋の『童謡私観』

白秋における童心と神秘

龍之介に影響を与えた童謡を生み出した白秋の童謡観はどのようなものであったろうか。彼の童謡観を探るうえで重要なのは『童謡私観』である。その意義について、藤田圭雄は次のように述べている。*6

「童謡私観」は、大正十二年一月号の『詩と音楽』に、自作童謡十二篇を撰み、その各々に註をつけ「童謡私鈔」と題したものを、十三年七月、『白秋童謡集第一巻』（アルス）を出すに当り、童謡を除いて、組立て直し、書き足して、「童謡私観」と改題してその巻頭にのせたものである。十六の章に分けて童謡制作の心がまえを詳述している。白秋の童謡論としても、また大正期を通じての童謡論としても、最も重要な論文の一つである。まず、新しい童謡の定義を定め、それぞれの傾向の自作について、その成立の必然性を説いている。用語が華麗に過ぎ、かえって説得力に欠ける点はあるが、そこには、大正期童謡の根底になる真理がことごとく解明されている。各章で説いているそれぞれの議論を、白秋はすべて美しい形で作品化している。それだけにその議論には、力強い自信と、真実性の裏付けがある。

「大正期童謡の根底になる真理」が具体的にどのようなものであるかについては何も述べられてはいない。しかし、白秋の「童謡私観」の各章を見ていくと、白秋が自らの童謡観を語るときには、神秘や幻想を念頭に置いていることがわかる。本書では、全十六章のなかでも神秘や幻想について白秋が具体的に持論を展開している六章、八章、十四章を取りあげて、白秋における童心と神秘との関係を考察する。

各章にはタイトルは付されていないが、その内容をまとめてみると、次のようになる。

一、童謡の古来からの伝承性
二、日本の風土、伝統、童心を忘れた小学唱歌との相違、童謡における不易と流行
三、郷愁を踏まえた童謡
四、正しい「実相の観照」と「真純素朴」な童心
五、童謡作家としての資格としての童心に還ること
六、童心としての叡智的想像と成人の機智的想像との混同の戒め
七、感覚的直接法を採ることの意味

八、実相に徹した神秘的幻想
九、児童の感情動作をそのままの韻律で表現する問題
十、童謡制作の第一義としての童心の問題
十一、童謡における諧謔のあり方、擬人法や擬音の使用
十二、童謡における「無意味の恍惚」の必要性
十三、子守唄への期待
十四、実相そのものの神秘
十五、日本童謡の基因としてのわざうた
十六、童心童語の歌謡としての童謡

以上の十六章をとおして白秋が強調するのは、日本の伝承に支えられた童謡は童心童語の歌謡であり、その童心の中心に位置するのは実相に徹した神秘的幻想であるということである。この内容をさらに詳しく展開しているのが六章、八章、十四章である。まず、その各章の全文を掲げながら、白秋の言わんとすることを見てみたい。*7

六

世に童心としての叡智的想像と成人としての機智的想像とを混同する人がある。いかに放恣なる児童の想像と雖も、真の感覚の層積を経ざる想像なるものはあり得ないのである。層積の度深ければ深きほどその想像は複雑と豊富とを増す。而も叡智なるものは此の感覚の所縁によつて増し、此の濾過あつて初めて燦燦としてその奥より光るのである。

美に対する知覚の尊むべきは、感覚の背後に於ける尊むべき霊魂の認知なるが故である。而も此の感覚の重んずべきは、そこは霊魂への『関門』そのものだからである。

絶えざる好奇と、未見の物に対する憧憬と期待とを児童の心理に常に見る私達は、また私達自身にもその生長せんとする絶えざる霊魂の衝動と向上慾とを見出す。

而も此の叡智的想像は、肉体の感覚を度外視したるところよりは生ぜぬ。現在を以て将来を推知し、実を以て虚を放つ。真の神秘は単なる架空の幻想に宿るものでない。此の透徹し得たる叡智と感覚とを以て透徹し得たるところの実在そのものの奥にある。従つて児童の幻想と雖、所依するところあつて、初めてその美しい翼を空に翻し得るのである。

儼たる感覚の自由無き想像は単に小才の機智となるのみである。純真なる童謡には、ことに此の機智を忌む。

私の幻想的童謡も主として此の真の感覚的層積を経たものから来る。童謡の表現に観念的間接法を避け、一に感覚的直接法を採る理由である。

第六章では、童心としての叡智的想像と成人の機智的想像との混同を戒めている。そのためには、感覚の層積の深さに支えられた叡智つまり霊魂の「関門」を通過したものであることを自覚することが大切であるとする。叡智は「深遠な道理をさとりうるすぐれた才能」（広辞苑）であり、機智は「その場その場に応じて働く才知、人の意表に出る鋭い知恵」（同）である。叡智的想像は、感覚の層積の深さを持ち、その感覚でつかんだ道理によって想像することと考えることができる。また、機智的想像は大人の臨機応変な才知による想像だということができる。

そのことを確認したうえで、白秋は「感覚」の問題に言及する。「感覚」は、霊魂の「関門」をくぐり抜けて出るものであり、児童にあっては「絶えざる好奇と、未見の物に対する憧憬と期待」であるし、それは成人にあっても「成長せんとする絶えざる霊魂の衝動と向上欲」であるとする。さらに、この叡智的想像は肉体の感覚により生じるものであり、「真の神秘は単なる架空の幻想に宿るものではない」と言う。したがって、児童の幻想は、感覚のない機智ではなく、その「実在そのものの奥にある」ものであり、そうして「初めてその美しい翼を空に翻す」のであるとする。その見地から、白秋は童謡制作の際、観念的間接法を避け、感覚的直接法を採るのである。白秋は、こうして童謡における童心の本質を語りながら、その奥に神秘が宿ることを指摘している。

八

溌剌たる児童の生活感情を私は多く直写する。之を以つて写実主義者として目する人がある。私の童謡は決して写実のみにない。然し如何なる神秘的幻想といふと雖、実相に徹した上の蟬脱でなければならぬ事は私の常に念とするところである。

児童は昼も夢見る。然しその昼の夢たるや、凡て現実の歓楽から来ないものはない。この時赫灼たる太陽は彼等の慈父である。児童は夜の夢を怖れまた悲しみ美しむ。然しながらその夜の夢たるや、等しく現実の哀愁から誘はれぬものはない。この縹渺たる或は燦爛たる月と星とは彼等の慈母であり、また兄弟姉妹である。児童の詩的幻想を誘引するものは決して単なる手品の鳩や造花の美しさではない。生気あり薫香あり音楽あり光耀あるところに常に追憶の所縁を持ち、期待の明日を願ひ、而して夢は想像の翼に乗つて翔る。児童の肉体には昼も夜も常に無邪気なる霊魂の祭が行はれてゐるのである。

私の童謡にはまた泥にまみれた児童の手のやうな親しさとなまなましさとを欲する。草の汁、昆虫の肢、果実の薫り、乳のねばり、花粉、汗、それらが手にも頭にも頬にも、着物にも露はな膝にも足の裏にも薫る如きことを欲する。自然の中にありの儘に放たれた児童そのものの真純な生活、それさながらの香気と生彩とを私は私の童謡に希つてゐる。

かうした私の童謡の中でも、かのわつしよいわつしよいの「お祭」の如きは更に極端まで飛び跳ぬる児童の有頂天を自身の有頂天としてゐる。

第八章では、神秘的幻想について自作を踏まえて考察している。児童の生活感情を直写する白秋の童謡は、写実のみでなく、実相に徹した神秘的幻想だとする。児童は昼も夢を見るが、その夢は現実の歓楽から来るものであり、常に霊魂の祭が行われているのであると、白秋は考えるのである。ここで白秋が言う「実相」は、「実際の有様、真実のすがた」(広辞苑)であり、斎藤茂吉の歌論である実相観入にも採られている著名な概念を想起させる。すると、実際の有様を児童の霊魂をとおして見ることからそのすがたに内在するものに迫ることが童謡であるとなろう。そして、白秋は最後に自作の有名な「お祭」に触れ、「極端まで飛び跳ぬる児童の有頂天」を歌ったものとし、そこに児童の夢と自身の夢を重ね、「自然の中にありの儘に放たれた児童そのものの真純な生活、それさながらの香気と生彩とを私は私の童謡に希つてゐる」としている。

十四

私は音に就いて、数に就いて、また言葉の精霊に就いて、而もまた、天体に就いて、鳥類に就いて、花の形態各種の昆虫爬虫類の卵について、或は鳥と虫の羽音に対する感覚、自然界の私語、生物の歓喜、更に進んで人間の生死について、各種の芸術と科学との融合、幻想と写生との虚実を念として産み出したそれらの新風の童謡をも生んだ。

感覚のみにては如何に雋鋭であらうと、尊くある筈はない。要はその感覚の奥に潜む叡智の光度如何である。詩人の叡智はその研ぎ澄ました感覚を通じて、万象の生命、その個々の真の本質を一に直観する。真にその生命の光焔を直観し得る詩人でなければ真に傑れた詩人とはいへないであらう。

普通の科学者は、主として分析的に微を極め細を検する事を識つて、最も大切なその真生命の根本の光耀には触れ得ない。だから真の科学者は先づ真の詩人たるを要する。でなければ科学者としての真の偉大には達し得られないのである。

無論、詩人としても、一方に、自然界の実相に就いて、直観以外相当にそれらの智識は基礎学として体得し得なければ真の偉大には達せられない。

神秘は実相の中にこそあれ、決してその以外にある筈はない。私の「魔法つかひ」を読む人は或は声立てて笑ふかも知れぬ。然し真の不思議を不思議となし得ざる、また忘れて顧みざる人こそ私には余りに怪しく思はれる。また神秘を手品使ひの函の中にあると思ふ事が詩であり芸術であるとし、反対にまた虚飾そのものが詩だと嗤笑する人こそ笑はれていいのである。

科学者に云ふ。私の「月夜の虹」「月暈日暈」は架空の想像ではない。諸君の見る通りの正確な実相そのものである。詩人たちに云ふ。ああした実相そのものの神秘に私は礼拝する。私はそれを観る。

第十四章では、「実相そのものの神秘」について述べている。白秋は、音、数、言葉の精霊、天体、鳥類、花、卵、鳥と虫の羽音に対する感覚、自然界の私語、生物の歓喜、人間の生死、芸術と科学の融合、幻想と写生との虚実を念とした新風の童謡をも生んだことを述べたあとで、「感覚のみにては如何に雋鋭であろうと、尊くある筈はない。要はその感覚の奥に潜む叡智の光度如何である」と言い、詩人の叡智が「万象の生命、その個々の真の本質を一に直感する」と語る。つまり、実相にこそ童心、幻想の根があることを見てとっているのである。

続けて科学者と詩人の違いに触れ、真の科学者、詩人の資格を論じる。普通の科学者が「分析的に微を極め細を検する事を識って、最も大切なその真生命の根本の光輝には触れ得ない」のに対して、真の科学者は真の詩人であるべきであると説く。詩人の場合も、「自然界の実相に就いて、直感以外相当にそれらの智識は基礎学として体得し得なければ真の偉大には達せられない」と、真の詩人には真の科学者の要素が必要であるとするのである。

さらにまた、「神秘は実相の中にこそあれ、決してその以外にある筈はない」と、自作の「魔法つかひ」に触れ、「真の不思議を不思議となし得ざる、また忘れて顧みざる人」は「怪しく思われる」とし、「神秘を手品使いの函の中にあると思うことが詩であり芸術であるとし、反対にまた虚飾そのものが詩だと嗤笑する人」を批判する。

白秋の「魔法つかひ」

白秋がそのように語る「魔法つかひ」は次のような詩である。以下、引用する童謡本文は「童謡私観」ではすべて省略されている。

不思議《ふしぎ》な魔法《まはふ》をつかひます、
みんなが知《し》つてる魔法《まはふ》です、

知《し》つてて、知《し》らない魔法《まはふ》です。

牡丹《ぼたん》の枯木《かれき》でございます。
これを太陽《たいやう》で照《て》しましょ。
一《ワン》、二《ツウ》、三《スリイ》、
それそれ、牡丹《ぼたん》の花《はアな》が咲《さ》きました。

お父《と》さんとお母《か》さんでございます。
それを仲《なか》よくいたしましょ。
一《ワン》、二《ツウ》、三《スリイ》、
それそれ、赤《あか》ちゃんができました。

林檎《りんご》のお種子《たね》でございます。
これを畑《はたけ》で肥《こや》しましょ。
一《ワン》、二《ツウ》、三《スリイ》、
それそれ、林檎《りんご》が生《な》りました。

鯡《にしん》の卵《たまご》でございます。
そつと、鹹水《しほみづ》でかへしましょ。

　一《ワン》、二《ツウ》、三《スリイ》、
それそれ、赤《あか》い鯡《にしん》になりました。

針《ピン》と小刀《ナイフ》でございます。
これに磁石《じしゃく》をあてましょ。
　一《ワン》、二《ツウ》、三《スリイ》、
それそれ、針《ピン》と小刀《ナイフ》と吸《す》ひました。

濁《にご》つた泥水《どろみづ》でございます。
これをランビキで熱《ねつ》しましょ。
　一《ワン》、二《ツウ》、三《スリイ》、
それそれ、きれいな清水《しみづ》ができました。

暗《くら》い電燈《でんとう》でございます。
ちょいと、スウヰツチをひねりましょ。
　一《ワン》、二《ツウ》、三《スリイ》、
それそれ、灯《あかり》がつきました。

みんな赤《あか》ちゃんでございます。

白髪《しらが》になるまで待《ま》つてましょ。
一《ワン》、二《ツウ》、三《スリイ》、
それそれ、みんなが死《し》にました。

これが魔法《まはふ》でございます。
ほんとに不思議《ふしぎ》でございましょ。
不思議《ふしぎ》でほんとでございましょ。

「魔法つかひ」には生命の不思議さが表現されている。その不思議さは「みんなが知つてる」もので、とくに疑問も感じないものでもある。それを科学的に説明することも可能ではあるが、誰もがわかるように説明しようとすると意外にむずかしい。その微妙な自然の摂理に白秋は叡智的想像のメスを入れ、詩的言語として昇華している。「不思議な魔法をつかひます」の主語については何も言っていないが、その主語にあたるものこそ実相のなかにある神秘ということになる。

「月夜の虹」「月暈日暈」

白秋は「月夜の虹」「月暈日暈」は「正確な実相そのもの」と述べ、「実相そのものの神秘に私は礼拝する」と語る。たしかにこの二作には自然の幻想的な様相が鋭い感覚で表現されている。まず「月夜の虹」を見てみる。

月夜《つきよ》の虹《にじ》は、

白《しイろ》い虹《にじ》か。

あれあれ、虹《にじ》が、
白《しろ》い輪《わ》の虹《にじ》が。

二本松《にほんまつ》の向《むか》うに
白《しイろ》く円《まろ》く。

その外《そと》見《み》れば
蒼《あアお》い夜空《よぞら》。

輪《わ》の中《なか》見《み》れば
白《しイろ》い狭霧《さぎり》。

狭霧《さぎり》を透《す》いて
チラチラ、燈《あかり》。

双子《ふたご》の山《やま》は
あの虹《にじ》の奥《おく》か。

月夜《つきよ》の虹《にじ》よ、
お夢《ゆめ》の虹《にじ》よ。

消《き》えないでおくれ、
馬追《うまおひ》も啼《な》くに。

月《つき》よ照《て》つておくれ、
もつともつと明《あか》つて。

遠《とほ》くの遠《とほ》くの沖《おき》で、
誰《だアれ》か誰《だアれ》か呼《よ》んでるに。

狭霧に浮かぶ月の輪を「白い虹」にたとえ、幻想に魅惑される人間の不思議さを描く。「チラチラ、燈」では街の燈火の点滅に自然のなかで暮らす人々の思いを詠む。「馬追も啼くに」と、キリギリスの羽音も謡い淡い色調と微かな音のバランスを表現している。また、「月暈日暈」は次のような童謡である。

月暈《つきがさしろ》白い、
萢黄《もえぎ》のぼかし。

日暈《ひがさ》は紅《べに》よ、
水色《みづいろ》ぼかし。

氷《こほり》のかけら、
こまかに透《す》いて。

月暈《つきがさ》、日暈《ひがさ》、
つめたいお暈《かさ》。

外《そと》には、お星《ほし》、
チラチラつけて。

つめたいお暈《かさ》、
また、空越《そらこ》えた。

ころころ、蛙《かはづ》、
また、田《た》で鳴いた。

「月暈日暈」もまた、七七の韻律のリズムを活かし、月や日にかかる暈の幻想的な風景を「葱黄のぼかし」「水色ぼかし」と表現し巧みに謡う。そこに科学的な要素を加え、暈が氷の結晶の反射や屈折でできることを「氷のかけら、こまかに透いて」とも表現する。最終連では、「月夜の虹」と同じように「ころころ、蛙、また、田で鳴いた」と感覚的な音の表現で締めくくり、淡い色彩と繰り返される音の表現のリズムに自然の神秘を観ていると言えよう。

このように白秋の実作を検討しながら彼の主張を振り返ると、たしかに「実相に徹した神秘的幻想」と白秋が言うことの童謡創作上の肝要が見えてくる。

2 白秋の「童心」と龍之介

こうした白秋の童謡観は、もちろん一九二三（大正一二）年になって急に確立されたものではない。彼が『赤い鳥』を舞台に発表してきた童謡の創作や『赤い鳥』の呼びかけに応じて日本各地から送られてくる創作童謡、児童自由詩の選評などをとおして得られたものである。白秋が自らの童謡観を確立してくるこの過程で重要なのは、一九一七（大正六）年一〇月に発表された「童心」である。[*8] その「童心」の「一」には、次のような記述がある。

碧い碧い大空の下、廣い野の、とある白い茨の花の傍で人間の小さな子供がひとり、両手を両の眼に当てて、声をあげて、心ゆくまで泣いてゐた。私は頭を撫でて、どうしたんだと云つた。何が悲しいのと訊いた。何だか知んねえやい。子供は十本の指の間から涙をぽろぽろこぼしながら、明るい四方を見廻はした。さうして急にまた啜り上げた。何だか知んねえやい。さう云はれれば、おお子供よ、私も何にも知らない。

私は改めて大空を見た。その碧い円い天井を。而してまた吾身の周囲を見た。果てしもない野や丘の起伏を。その向うからは煙が幾つも上つてゐる。それがみんな動いてゐないものは無い。私はまた足元を見た。白い茨に土蜂が動いてゐる。土蜂が動くたびに茨の花が散るのである。

　おお子供よ、私も何にも知らない。


　大自然のふところに抱かれて「心ゆくまで泣いてゐ」るひとりの子どもに、白秋は生命の奥深さをみる。そして、視線を再び大自然に戻すと、大自然を構成するすべての生命が「動いてゐる」のを実感する。白秋は、なぜ泣くのかと問うたのであろう。子どもは、「何だか知んねいやい」と答える。白秋は、その子どもの言葉を契機に自分もこの大自然の生命を「何にも知らない」と自覚する。子どもの心の神秘と大自然の神秘とが奥深くで繋がっているのを描いている。この表現は、白秋が『童謡私観』の「五」で「童心」を「恍惚たる忘我の一瞬に於いて、真の自然と渾融」するものと定義したことを想起させる。白秋は、こうした童心観で「実相に徹した神秘的幻想」を童謡という形式で表現したのである。

　このように、「童心」の「一」からは童心の奥にある神秘的幻想への憧憬を読むことができる。「童心」の他の文章も、「一」と同じように神秘的幻想を描きつづける。若い日に白秋の影響を受けた龍之介は、この「童心」も読んだことであろう。龍之介は、そこから童心の奥にある神秘的幻想への白秋の憧憬を見たに違いない。

　これまで見てきたように、龍之介は、白秋の童謡に自然や生命の〈力〉や神秘への憧憬を見、それらが童謡で「なぜ」という問いのかたちで表現されるのを見いだした。そして、そこに詩人の大らかさで自然や生命の神秘をそのまま受けとめる白秋の作風を感じたのである。龍之介は、それを受けつぎ、「なぜ」の問いを自らの童話の方法として具体化して、自己のありようをめぐる問題を表象することとなったのである。

少年少女を描いた龍之介の小説でも同じことが言える。「トロッコ」の少年良平が、やさしい土工に連れられて遠くまで来たときに、優しかったはずの土工に「われはもう帰んな」と突然言われてうろたえる場面、また、それを三十年後に「一すぢの断続した」記憶として追憶する場面で描かれた良平の無意識や、「少年」の保吉の心に去来する無意識を探った作品における、少年の無意識という問題の提示の仕方は、自己にまつわる「なぜ」の問いへのひとつの答として表現されているのである。そして、その帰結が「歯車」や「河童」の世界であった。

龍之介自身は「童心」という語は用いていないが、彼の思索には白秋の示した神秘の内容を持った童心が意識されていた。童話と童謡の世界の龍之介と白秋は、「童心」を接点に神秘の問いを提示した者とそれを深めていこうとした者との関係であったと言える。龍之介の描いた九篇の童話のどれもが神秘的となったひとつの要因は、この白秋との接点であったというのが本章の結論である。

＊白秋の童謡論、童謡は、『北原白秋全集』（岩波書店、一九八四～八八年）によった。

注

＊1　木俣修「龍之介と白秋」『白秋研究Ⅱ―白秋とその周辺―』新典書房、一九五五年四月一日、三〇九頁。

＊2　木俣修前掲論文、三一〇～三一一頁。ただし、斎藤茂吉の芥川への影響の方が白秋のそれよりも大きいという議論にも注目しておく必要がある。たとえば、西本秋生『北原白秋の研究』（新生社、一九六五年一二月一五日）では、この木俣の論を「ひいきの引倒し」（二七七頁）と断じたうえで、芥川のさまざまな文章を引用して「竜之介が茂吉を文芸上の指導者とし、詩歌開眼の師」としていたことを述べる。そして、「竜之介の歌のなかには牧水あり、子規あり、節あり、白秋ありで、開き直って模倣を云々すべき筋合のものではない。鬼才竜之介の手すさびにすぎぬ」（二

八二頁）と指摘している。

＊3　佐々木充「龍之介における白秋」『国語国文研究』五〇号、一九七二年一〇月。引用は、『芥川龍之介Ⅰ』（有精堂、一九七〇年一〇月二〇日）による。また、以下の佐々木充からの引用はすべてこれによる。

＊4　『犬と笛』の「下」は、『赤い鳥』では『笛と犬（下）』となっている。

＊5　関口安義は、『芥川龍之介全集』第十八巻（岩波書店、一九九七・四・八）の「注解」で「徳田秋声小山内薫誠は小島政二郎」という芥川の記述について、「『赤い鳥』創刊号の秋声『手づま使』、薫『俵の蜜柑』の代作を小島政二郎がしたことをさす」としている。

＊6　藤田圭雄「『童謡論―緑の触覚抄―』解説」財団法人日本青少年文化センター、一九七三年五月五日、一八七〜一八八頁。

＊7　『童謡私観』の第六、八、十四章以外でも、霊性、神秘、幻想の用語が頻出している。

＊8　佐藤通雅「白秋における童心」（『日本児童文学』第一九巻第三号、一九七三年三月一日、日本児童文学者協会）は、白秋の「童心」の幻想性と自然との関係を詳細に論じている。

第三章　芥川龍之介が描いた少年少女

するとその瞬間である。窓から半身を乗り出してゐた例の娘が、あの霜焼けの手をつとのばして、勢よく左右に振つたと思ふと、忽ち心を躍らすばかり暖な日の色に染まつてゐる蜜柑が凡そ五つ六つ、汽車を見送つた子供たちの上へばらばらと空から降つて来た。私は思はず息を呑んだ。さうして刹那に一切を了解した。小娘は、恐らくはこれから奉公先へ赴かうとしてゐる小娘は、その懐に蔵してゐた幾顆の蜜柑を窓から投げて、わざわざ踏切りまで見送りに来た弟たちの労に報いたのである。

暮色を帯びた町はづれの踏切りと、小鳥のやうに声を挙げた三人の子供たちと、さうしてその上に乱落する鮮な蜜柑の色と――すべては汽車の窓の外に、瞬く暇もなく通り過ぎた。が、私の心の上には、切ない程はつきりと、この光景が焼きつけられた。さうしてそこから、或得体の知れない朗な心もちが湧き上つて来るのを意識した。

一――少年少女を描いた作品と童話

芥川龍之介の「蜜柑」（初出「私の出遭った事」）の最終場面である。「私」は、「或雲つた冬の日暮」に「横須賀発上り二等客車の隅に腰を下し」た。頭のなかには「云ひやうのない疲労と倦怠とが、まるで雪曇りの空のやうなどんよりした影を落として」おり、二等室にはいってきた「如何にも田舎者らしい娘」にも不快な心持ちを感じていた。小娘は、トンネルの入口にさしかかったとき、窓の戸を下ろして外へ首を伸ばした。トンネルを出ると、「私」は「頰の赤い三人の男の子が、目白押しに並んで」「喊声を一生懸命に迸らせ」ているのを目撃する。そこに小娘が密柑を男の子たちに投げたのであった。「私」はこの出来事と遭遇することで「朗な心もち」になり、これから奉公に出て行こうとする小娘と見送りにきた子供たちを温かい目で見つめている。龍之介の少年少女を見つめる目の温かさは、他の作品にも共通している。「婆婆苦の為に呻吟」するのは大人たちばかりではない。子どもたちもまた、「婆婆苦の為に」小さな心を痛めていることに龍之介の目は向いているのである。

龍之介は、「蜜柑」をはじめ主要な登場人物として少年少女を描いた作品を十篇残している。これらの少年少女を描いた作品は、彼の童話創作とほぼ同じ時期に書かれている。彼の童話と少年少女を描いた作品の初出を再掲する（○印が童話、括弧内は初出誌名）。

一九一八（大正七）年　七月　○蜘蛛の糸（赤い鳥）
一九一九（大正八）年　一月　○犬と笛（赤い鳥）
　　　　　　　　　　　五月　私の出遭つた事（後、「蜜柑」「沼地」、新潮）
一九二〇（大正九）年　一月　葱（新小説）
　　　　　　　　　　　　　　○魔術（赤い鳥）
　　　　　　　　　　　七月　○杜子春（赤い鳥）
　　　　　　　　　　　八月　捨児（新潮）
一九二一（大正一〇）年　一月　○アグニの神（赤い鳥）
一九二二（大正一一）年　一月　将軍（改造）
　　　　　　　　　　　二月　○三つの宝（良婦の友）
　　　　　　　　　　　三月　トロツコ（大観）

一九二三（大正一二）年　四月　〇仙人（サンデー毎日）
　　　　　　　　　　　九月　おぎん（中央公論）
　　　　　　　　　　一〇月　百合（新潮）
　　　　　　　　　　　八月　子供の病気（局外）
　　　　　　　　　　　　　〇白（女性改造）
一九二四（大正一三）年　一月　伝吉の敵打ち（サンデー毎日）
　　　　　　　　　　　四月　少年（中央公論）
一九二七（昭和二）年　六月　〇女仙（少年少女譚海）

一九一四（大正三）年の「老年」（第三次新思潮）以来、一九二七（昭和二）年の自死までの間に、龍之介が書いた小説、童話、戯曲など百三十篇近くのうち、子ども向けに書かれた童話と少年少女を描いた小説とが、彼の作家人生のほぼ中間点にあたる七年間に集中している。

龍之介が童話を書くようになった経緯は、『赤い鳥』を主宰した鈴木三重吉からの依頼によるものであった。童話を創作するわけであるから、龍之介の目は自然とその対象である少年少女に向いていく。一方で、彼は自らの生地に強い執着があり、その思いが「大川の水」「追憶」「本所両国」などの評論や随筆へと結実していった。それらの舞台となった大川端周辺は、龍之介の幼少年期の生活の舞台でもあったわけである。したがって、龍之介が少年少女に目を向ける以上、自らの生地での幼少年期のさまざまな体験から自由になれないのも理解されうるのである。しかし、龍之介は自然主義作家のような私小説の道に抗して、独自の虚構の世界を構築する歩みを選択している。幼少年期の体験が重くのしかかっているとはいえ、その体験をそのまま追憶するような、彼にとっては味気ない創作を是とする姿勢をとるはずがなく、幼少年期の精神形成を今日の時点で意識的に再構成し、衆目の鑑賞に耐えられる虚構の少年少女像を追求したのであった。その際、彼は先に「蜜柑」で見たような温かな目を少年少女に降り注ぐ姿勢は一貫した。これも、自身の幼少年期を大事とする龍之介の思いゆえのことであったろう。

したがって、創作に熟達してきた龍之介が童話創作に向かった思いを探るうえで、龍之介の描いた少年少女像を念頭に置くのは必ずしも不当ではない。少年少女を描いた作品のなかでも、童話との連関を探るうえで重要なのは「トロッコ」と「少年」である。本章では、この二作品から龍之介がどんな創作手法で少年少女を描こうとしたのかを見ていきたい。

二――「トロッコ」の少年

「優しい」土工

「トロッコ」は、良平の八つの年に小田原熱海間の軽便鉄道敷設工事が始まる場面から書き起こされる。良平がおそらく初めて見る鉄道工事であったのだろう。「毎日村外れへ、その工事を見物に行つた」良平は、「トロッコで土を運搬する」面白さに心動かされる。良平が、トロッコとその上で働く土工たちのようすをつぶさに見つめる描写は、自分たちとは異なる世界の不思議なものを見る少年期の心理をよく表現している。良平は、「せめては一度でも土工と一しよに、トロツコへ乗りたい」と思うが、「乗れないまでも、押す事さへ出来たら」と思うのである。

良平は、二月初旬の或夕方、弟や弟と同じ年の隣の子どもとトロッコで遊んでいるうちに、トロッコが「ごろりと車輪をまはした」感触とともに思わずトロッコに乗ってしまう。しかし、子どもが土工に内緒で、トロッコに勝手に乗ることは禁忌である。良平たちは、それを思わず侵犯してしまったのである。作者は、そのときの良平の気持ちを次のように表現する。

彼等は一度に手をはなすと、トロッコの上へ飛び乗つた。トロツコは最初徐ろに、それから見る見る勢よく、一息に線路を下り出した。その途端につき当りの風景は、忽ち両側へ分かれるやうに、ずんずん目の前へ展開して来る。顔に当る薄暮の風、足の下に躍るトロツコの動揺、——良平は殆ど有頂天になつた。

作者は、トロッコに乗った少年の有頂天になった心理を子どもの目の高さで表現している。禁忌を侵犯したときのある種のさわやかさとでも表現できよう。子どもたちにとっては、誰にも知られることなく、自分たちだけの世界を自分たちの意志で構成することの喜びに勝る喜びはない。

ところが、有頂天になっている良平の前に「古い印袢天に、季節外れの麦藁帽をかぶつた」土工が現れ、「この野郎！　誰に断つてトロに触つた？」と怒鳴り散らした。この土工は、良平たちにとって逆に自分たちの歓喜の世界を壊す異世界の人種に見えたことであろう。自分たちだけの遊びの空間に思いがけない人物が登場したわけだから、その落胆は大きい。

その後十日余りたって、良平は同じ土工でも違う対応をする土工に出会う。良平が「おぢさん。押してやらうか？」と言うと、「おお、押してくよう」と返事をする土工に「優しい人たち」という思いを持つ。しかし、その「優しさ」が人間の不可解さを示唆していることは、この時点の良平の頭にはない。土工は「やい、乗れ」とトロッコに乗ることを勧め、良平は「行きに押す所が多ければ、帰りに又乗る所が多い」と思いながら、気楽な気分で線路を走るトロッコに乗っていた。雲行きが怪しくなるのは、このトロッコが「余り遠く来過ぎた」と思った頃からである。良平は「もう帰つてくれれば好い」と思うようになり、漠然とした不安を感じ始める。その不安が現実のものとなったのは、「もう日が暮れる」と思い始めていた良平を残して、土工が休憩のために二軒目の茶店に入ったときである。茶店を出てきた土工は「われはもう帰んな。おれたちは今日は向う泊りだから」と言う。良平が土工の「優しさ」にうっかり乗ったことを後悔する場面は次のようである。

良平は一瞬間呆気にとられた。もう彼是暗くなる事、去年の暮母と岩村まで来たが、今日の途はその三四倍ある事、それを今からたつた一人、歩いて帰らなければならない事、――さう云ふ事が一時にわかつたのである。良平は殆ど泣きさうになつた。が、泣いても仕方がないと思つた。泣いてゐる場合ではないとも思つた。彼は若い二人の土工に、取つて附けたやうな御時宜をすると、どんどん線路伝ひに走り出した。
良平は少時無我夢中に線路の側を走り続けた。その内に懐の菓子包みが、邪魔になる事に気がついたから、それを路側へほり出す次手に、板草履も其処へ脱ぎ捨ててしまつた。すると薄い足袋の裏へじかに小石が食ひこんだが、足だけは遥かに軽くなつた。彼は左に海を感じながら、急な坂路を駈け登つた。時時涙がこみ上げて来ると、自然に顔が歪んで来る。――それは無理に我慢しても、鼻だけは絶えずくうくう鳴つた。

土工の甘い言葉に誘われてわくわくする気持ちでトロッコに乗った良平は、今度は逆に人間の不可解なものを見てしまっているのである。「優しい」土工は、良平の思いをかぎりなく汲んでくれるはずであった。しかし、現実は、良平の思いを途中で断ち切るばかりか、良平を一方的に突き放してしまう。自分をどこまでも慈しんでくれる父母であれば、そんなことはなかったに違いない。不可解な他者の存在とその不可解さを自分のなかでうまく処理できない苛立たしさに良平は思わず涙ぐむ。

　不可解な人間の存在を知った良平には、土工の「優しさ」につられて来てしまったことへの後悔の思いが去来していたであろう。「あたりは暗くなる一方」であり、「命さへ助かれば」という思いで走った良平の目に「遠い夕闇の中に、村外れの工事場が見えた時」、良平は思わず泣きそうになるのである。了解されない自己の外界が明確に輪郭されないばかりか、自己の内部で、優しい人はどこまでも優しいという、これまでの了解が崩壊していく過程は悲しい。家へ駈けこんだときの良平の涙は、そんな良平内部で進行した自己認識によるものである。「トロッコ」は、人間の不可解さが自己の内部でうまく処理されない不安な幼少年期の心理を巧みに描き出している。

「遠い夕闇」

　小浜逸郎が「異形の風体をした鬼のような背の高い土工から与えられた恐怖などというのは、実はそれだけのものので、自分が肉体的な意味で大人になってしまえば克服することができる。だが、優しい土工たちから思わず与えられた恐怖の方こそは、その後の人生の比喩にもなりうるような〈意味〉をはらんでいるということにな」り、「この恐怖の作り手になっているのは、人間として親しめる「優しい土工」である。優しい人たちであったはずなのに、ということが重要なのだ。つまり、この恐怖のなかには、実は人間関係的な恐怖がふくまれている。それこそが、「良平」にこの経験の記憶を、単にノスタルジックな愛惜としてではなく、人生の道程そのものを示唆するひとつの〈喩〉として持続させる要因なのである」[*1]と述べるのも同じ理解と考えてよいだろう。

　したがって「遠い夕闇」と表現される「闇」は、良平のまだ他者との関係を把握し切れない心の「闇」であり、それはいつか光明の指す「闇」でもあったろう。深い「闇」に向かってひた走る良平の心には、トロッコに乗る楽しさにつられ、「優しい」土工の言葉に乗せられてきた一途な思いが決定的な場面で裏返り、失望と後悔の念に支配される少年の心理が巧みに描かれている。「優しい」と感じたのは自分の主観にすぎず、彼らの表面上の振るまいだけで本当のすがたは見えないことにまで思いは至っていない。そして、よく考えてみると、子どもが触れるものではないと怒鳴った土工のほうが、本当は優しい人たちであったのかもしれないということも自覚できてはいないのである。

「トロッコ」の最終場面は次のようである。

良平は二十六の年、妻子と一しよに東京へ出て来た。今では或雑誌社の二階に、校正の朱筆を握つてゐる。が、彼はどうかすると、全然何の理由もないのに、その時の彼を思ひ出す事がある。全然何の理由もないのに?――塵労に疲れた彼の前には今でもやはりその時のやうに、薄暗い藪や坂のある路が、細細と一すじ断続してゐる。……………

この場面をどう理解するかが、「トロッコ」の評価を決定する。「細細と一すじ断続してゐる」路は、「蜘蛛の糸」の犍陀多に垂れてきた糸や、「少年」の「二　道の上の秘密」を連想させる。それは、大人になっても不可解な現実を自己の内部に取りこむことのできない子ども時代の心理が今でも細々とではあるが断続して、意識の底に眠っていることを示している。それは、まだ自己の内部で十分に自覚化されない少年期の無意識であり、その無意識をもとに形成されてきた精神のありようを大人になった時点で意識的に再構成するという「少年」[*2]のモチーフへと確実に繋がっていく。

三——「少年」における追憶の形式と神秘

総論としての「一」

「少年」は、「一　クリスマス」「二　道の上の秘密」「三　死」「四　海」「五　幻燈」「六　お母さん」の全部で六章からなる小説である。冒頭に置かれた「一　クリスマス」の最後に「保吉は食後の紅茶を前に、ぼんやり巻煙草をふかしながら、大川の向うに人となつた二十年前の幸福を夢見つづけた。………／この数篇の小品は一本の巻煙草の煙となる間に、続続と保吉の心をかすめた追憶の二三を記したものである」とある。これは、「少年」が主人公保吉の二十年前の追憶を主題としていることを示すものである。しかし、この追憶という形式は、龍之介にとって単なる過去への郷愁を呼び起こしたものではない。それは、「トロッコ」と同じく少年少女の無意識による精神形成を今日の時点から意識的に再構成したものにほかならない。

「一」は、クリスマスの午後、乗合自動車に乗った堀川保吉が、カトリックの宣教師を見つめているうちに空想に耽り出す場面から始まる。宣教師の周囲に大勢の小天使が、逆立ちをしたり宙返りをしたり、いろいろの曲芸を演じている。「天国の常談」を言い合っている乗客の耳からは小天使が顔を出している。いかにもクリスマスらしい空想である。そこに十一、二歳の少女が乗りこんできた。その少女に宣教師が席を譲りながら声をかけたついでに、一二月二五日の今日は、何の日ですかと尋ねる。するとその少女は「けふはあたしのお誕生日」と答えた。宣教師は、「人の好いお伽噺の中の大男」のように笑い出す。保吉は、その宣教師の「幸福に満ちた鼠色の眼の中にあらゆるクリスマスの美しさを感じた」のである。もちろん少女は、宣教師の問いに無意識に答えたに過ぎない。

宣教師は「知ってるわ。クリスマスでしょ」というような答えを予想したであろうし、その答えが少女の口から発せられるのに応えて「いやあ、ほんとに今日はおめでたいクリスマス」などという大仰な物言いも考えていたであろう。乗合自動車に乗りあわせた周囲の人々も、そんな場面まで想像して、考えられるやりとりに、たとえば協調したり反発したり無視したりするというかたちで、自分の心がどう動くかまで予想もしたであろう。少女は、乗りあわせたすべての人の予想を裏切って、最も周囲の皆の心を和ませる方法で答えたのである。しかも、少女のことばがまったく無意識に発せられたものであるということに保吉の思いは向いている。だから、保吉は「あらゆるクリスマスの美しさ」を宣教師の眼に感じたのである。

数時間後、カフェの片隅でこの「小事件」を思い出した保吉は、自分もまた「二十年前には娑婆苦を知らぬ少女のやうに、或は罪のない問答の前に娑婆苦を忘却した宣教師のやうに小さい幸福を所有してゐた」のである。そして「大川の向うの人となつた二十年前の幸福を夢みつづけた」という描写が続き、前述した「追憶の二三を記した」と記述されている。

「侏儒の言葉」の「わたしを感傷的にするものは無邪気な子供だけである」という文言とともに、「追憶」や「大川の水」に記された彼の始原の空間が思い起こされる。「大川の水」では、龍之介は「自分はどうしてかうもあの川を愛するのか」と自問し、「自分は、昔からあの水を見る毎に、何となく、涙を落としたいやうな、云ひ難い慰安と寂寥とを感じた。完く、自分の住んでゐる世界から遠ざかつて、なつかしい思慕と追憶との国にはいるやうな心もちがした。此心もちの為に、此慰安と寂寥とを味ひ得るが為に自分は何よりも大川の水を愛するのである」と答えている。そして、大川の水の光が「殆、何処にも見出し難い、滑さと暖さとを持つてゐるやうに思はれる」とも記している。この思いは「追憶」でも大川の風物や人々の描写となって現れている。「追憶」や「大川の水」でも、幼少期の無意識によって精神形成されてきた道すじを意識的に再構成しているのである。

クリスマスの「小事件」を「大川の向うに人となつた二十年前の幸福」と結びつけた「一」は、「二」から「六」の総論になっている。「二」から「六」は、幸福を背景に自分の外界を輪郭づけようとする少年の一途な思いを描写している。しかも、追憶のなかの子どもたちが四歳から八、九歳へとしだいに年齢を重ねていくという巧みな構成をとっている。

海老井英次は、「二」以下の特徴について「遠い過去に視線をむけて、保吉の四歳から九歳までの幼少年期の体験を語ることを核としており、自我成立以前の意識の底部に沈んでいる保吉が主人公であり、それにそれから「三十年後」の保吉の感慨とが対置される形で成っているものである」[*3]と捉えている。「少年」の特質が幼少年期の体験の奥にある無意識に焦点をあてているところにあると指摘する点では、本書の立場と共通している。

外界の了解

「二」では、四歳の保吉が登場する。本所七不思議の一つの縁の地である大溝の往来を保吉といっしょに歩いていた鶴という女中が、道の上に走っている「二すぢの線」が何か知っているかを尋ねる。しかし、保吉にはわからない。保吉はだんだん「この二すぢの線に対する驚異の情を感じ出し」、「幻燈の中に映る蒙古の大沙漠を思い出」す。しかし、鶴の答えは、意外なことに「車の輪の跡です」ということであった。保吉は呆気にとられ「断続した二すぢの線を見まも」る。四歳の保吉には、このようなささやかなことでさえ明確に輪郭されないけれども、「三十年来考へて見ても、何一つ碌にわからないのは寧ろ一生の幸福かも知れない」と、意識化されないものが少年の心にあることに幸福を感じているのである。

「三」では、保吉が「死」とは何かという不可解な問いと向き合う。槙町の二弦琴の師匠の死をきっかけに父と会話をした保吉は、「ひとかどの哲学者のやうに死と云ふ問題を考へつづけた」が、その問いは保吉にとって「秘密の魅力に富んだ、摑へ所のない問題」であった。それが突然氷解する。父といっしょに風呂に入っていたとき、急用ができた父は、保吉より先に風呂をあがってしまう。これを見た保吉は「従来不可解だつた死と云ふもの」は、「つまり父の姿の永久に消えてしまふことである！」ということを発見するのである。たしかに幼少期の子どもにとって、死の問題ほど捉えがたいものはないであろう。日常の場面で、死と直面することはほとんどなく、仮にあったとしても死の現場からは遠ざけられる。こうした非日常的な風景を輪郭することは至難の技と言ってよい。保吉が、この捉えがたい死の問題を「永久に消えてしまふこと」と読んだことで、彼の日常言語の世界に死を位置づけさせたということになる。

「四」では、海を知った五、六歳の保吉が描かれる。海を知った保吉は、「日の光りに煙つた海の何か妙にもの悲しい神秘を感じ」ていたが、父や叔父と遠浅の渚へ下りた時には、「海の不可思議を一層鮮かに感じた」のである。しかし、それもほんの二三分の感情であり、その後の保吉は、「海の幸を享楽した」のである。その保吉の心理を作者は次のように語る。

――しかし干潟に立つて見る海は大きい玩具箱と同じことである。玩具箱！　彼は実際神のやうに海と云ふ世界を玩具にした。蟹や寄生貝は眩ゆい干潟を右往左往に歩いてゐる。浪は今彼の前へ一ふさの海草を運んで来た。あの喇叭に似てゐるのもやはり法螺貝と云ふのであらうか？　この砂の中に隠れてゐるのは浅蜊と云ふ貝に違いない。………

保吉の海に関する享楽は壮大だった。常に海を日常生活の場にしている場合を別にして、多くの人は誰でも海に入ると砂と戯れたり貝殻を拾ってみたりして、非日常的な海の楽しさを味わうものである。海に得たいの知れない魅惑をも感じもする。人々は、その魅惑を胸に海の青さを刻印する。しかし、保吉はその海の青さを信じない。縁日の「からくり」などに見る常識的な海の青さを信じないのである。「成程目前の海の色も沖だけは青あをと煙つてゐる」が、「渚に近い海は少しも青い色を帯びて」おらず、「バケツの錆にも似た代赭色」であると確信する。そして、「海を青いと考へるのは沖だけ見た大人の誤りである」と、大人の常識的な海に対する観念を否定し、子どもの目の高さで海の色を「代赭色」と捉えるのである。これも、海という日常性を持たない外界を自分のなかで輪郭できる自分の言語を持ったということになる。そこで、母が買ってきた「日本昔噺」の「浦島太郎」の挿画の海にも代赭色に彩色をした。海は何色かを話し合う母との問答にも「誰も代赭色の海には、——人生に横はる代赭色の海にも目をつぶり易い」と感慨を加えずにはいられない。「現実とは代赭色の海か、それとも亦青い色の海か？所詮は我我のリアリズムも甚だ当にならぬと云ふ外はない」と、現在の目で自己の内部に常識的に了解されることの曖昧さを結論する。

「五」は、保吉が父とともに玩具屋の主人が映し出した幻燈にイタリアのベニスの風景を見ている場面である。そこに「愛くるしい顔に疑ふ余地のない頬笑みを浮かべた」少女の姿を発見する。それは、「わずか一二秒の間の出来ごと」であった。父はその少女を見なかったと言う。しかし、保吉は、たしかに見たのだが、二度とその幻燈には現れなかった。その時の保吉の心理を、作者は「あの画の幻燈の中にちらりと顔を出した少女は実際何か超自然の霊が彼の目に姿を現はしたであらうか？　或は又少年の起り易い幻覚の一種に過ぎなかつたのであらうか？」と描写する。

当時の人々の魅惑の対象であったイタリアのベニスの風景が、目の前に現出する。しかも、普段自分たちが見ないような幻燈という機械をとおして具体物として現れることの不思議さは、子どもならずとも大人でも十分感じることが出来たであろう。その幻想的な空間に、ある種の幻覚が生じたとしても不思議ではない。それは、あたかも

「超自然の霊」が姿を現すかのような不思議な空間であったろう。保吉には、この外界の輪郭が自分のなかにしっかり位置づかないことがわかったのである。だから、幻燈の少女が再び見えてこないのであるし、見えたのか見えなかったのかもはっきりしなくなるのである。異文化に接したとき、了解不能な現象を合理的に説明することが困難になった場合には、それはそのままの形で受容しようとするのが大人の態度なのであろうが、子どもの目で異世界を了解するためには、異世界にふさわしい事物が必要になるということである。子どもの無意識のなせる技と呼んでもよい。

「六」には、龍之介にとっての終生の変わらぬテーマの一つであった母の問題が登場する。八、九歳の保吉が、回向院の境内で四人の子どもたちと戦争ごっこをしていたとき、転んでしまった拍子に思わず「お母さん」と泣いてしまったと、いっしょに遊んでいた子どもたちの一人が嘲笑した。しかし、保吉は「お母さん」と言った覚えなどなく、「悲しさにも増した口惜しさに一ぱいになつたまま」泣き出してしまう。三年前、上海の病院にいた保吉が、看護婦に「今お母さんつて仰有つた」という言葉から、この回向院の境内のことを思い出すという内容である。少年のときには無意識に「お母さん」と呼んだかもしれないという不安は到底受け入れがたいものであったが、大人になった今再び、無意識に「お母さん」と呼んだという事実を他者から告げられたとき、この不安を自己のうちに受容しようという態度に変化する。少年時に了解不能であったものが、大人になってから了解される。「お母さん」と無意識に呼んでしまったことが、自己の内部ではまったく自覚されないうちに、自己の外界である他の子どもによって指摘されるという自己の存立に関わるようなできごととして、保吉のなかでは処理されてきたのである。それを大人になって初めて自己の内部で自覚することができたということになる。

ところで、無意識に呼んだ言葉が「お母さん」であったという表現は作者龍之介にとっては重いものである。「トロッコ」の最終場面でも、闇をひた走る良平を待ち受けていたのは母であった。それは、龍之介が実の母の存在を求めつづけたことと符合し、この作品の底部にも母の問題があることを示している。ただし、三好行雄の論[*4]のように、「少年」をすべて「母の問題」で読もうとすると、「少年」に内在する龍之介の創作手法を自らの手中に納めきれない恨みが残る。

無意識による精神形成の意識的再構成

このように見てくると、「少年」は具体的な少年少女の悩みや喜びを物語るという作品ではないことがわかる。自身の幼少期の体験を核に、まだ自己に自覚されない無意識をもとに精神形成される様相を、三十年後の時点に立って意識的に再構成したものにほかならない。つまり、クリスマスの少女も保吉も、生きた少年少女というより、龍之介の観念のなかに結ばれた像であることになる。

こうして龍之介は、追憶という形式を借りながら、少年期の無意識が自己の内部で焦点化される虚構の世界を構築したのである。その際、私小説的な追憶となってしまうことから免れるために、自分が幼時より慣れ親しんできた神秘的なものを取りこむことで、無意識による精神形成を意識的に再構成する手法に厚みを加えたのである。龍之介にとって、本所七不思議、海の神秘、幻燈の超自然の霊などの神秘や幻想を随所に織り込む手法はきわめて有効であった。生来の怪異好みもあって、これらの神秘や幻想は、自己の内部の心象風景として深く入りこんでいる。

龍之介が「トロッコ」や「少年」で扱おうとしたのは、少年期の無意識であった。この無意識が現実という外界とどのように向き合い、自分の意識のなかでどう輪郭されるかを考えている。これは、自己の内部にあるものに眼を向けた所産にほかならない。この地点に立つと、芥川童話の世界が見え始めてくる。龍之介の脳裏にあった少年少女に向かって、龍之介が童話を創作しようとするとき、自己の内部に生成する意識を童話という形式にふさわしく表現する創作手法に直面する。そのために見いだしたのが、自己の分裂と統合、もうひとりの自分を見るというものであった。

注

＊1　小浜逸郎『大人への条件』ちくま新書、一九九七年七月二〇日、一四九～一五一頁。

＊2　佐伯昭定・鈴木哲夫「追憶」（文学教育研究者集団著・熊谷孝編『芥川文学手帖』みずち書房、一九八三年一一月三〇日、一六〇頁）。

＊3　海老井英次「『少年』論―〈原体験〉解消の追憶を中心に―」『一冊の講座』編集部編『一冊の講座　芥川龍之介』有精堂、一九八二年七月一〇日、一一〇頁。

＊4　三好行雄「宿命のかたち―芥川龍之介における〈母〉」『三好行雄著作集　第三巻　芥川龍之介論』、筑摩書房、一九七六年九月三〇日。

第四章　芥川龍之介童話の成立とその本質

一――自己の分裂と統合の物語と神秘

自己を問うための構想

芥川が描いた九篇の童話は、どれも神秘的な内容を持っている。これは、第一章で見たように幼少期より親しんだ怪異への問いや当時の社会に広く見られた神秘的なものに対する流行現象の影響である。しかし、これらの童話には、作者の周辺的な事象を超えた龍之介の創作意図を読みとることができる。童話に表現された神秘的内容は、この意図と密接不可分のものとして表現されている。また、第三章で詳述したように、芥川は少年少女を描いた作品では、少年少女の無意識を意識的に再構成する手法を採った。その一方で、ほぼ同時期に創作した少年少女向けの童話では、自己をめぐる現実が自分のなかでうまく理解できず、それを不可解なものとして受けとめる人間の性向を問題にした。

そうした人間のありようを探るためには、自己とは何かを問うことが必要であり、さまざまな角度から自己の精神状況を分解して把握しようとしたり、分解したものを再び統合して見つめようとしたりすることを作品のなかで表現しようとした。童話の神秘的な内容は、こうした自己を問うという文学的な営為にリアリティを持たせる利点を持っていた。物語として展開する怪異や超自然について合理的な説明をいちいちしなくてもよく、不思議は不思議のままにしておいてよいからである。したがって、作品の主題としては少年少女に向かって「慾」や「善悪」の問題などの人間的な価値のあり方を問いながら、一方で自己の問題を自己像幻視の手法で見ていく構想を得たのである。以下、彼の童話にその構想がどのように表現されたかを見ていきたい。

考察にあたり、龍之介が神秘や怪異の世界を描くときに頻出させる「自己像幻視（ドッペルゲンゲル）」と「自己の分裂と統合の物語」とを手掛かりとしていく。小説「二つの手紙」「影」などの作品は、「自己像幻視（ドッペルゲンゲル）」の視点から考察されることも少なくないが、彼の童話にまで踏みこんでいるものはきわめて少ない。[*1]

筆者はこれまで、芥川龍之介の童話すべてに、彼が関心を持ちつづけた自己像幻視の発想があることを考察してきた。その現れ方はさまざまであり、自己の分裂や統合、もうひとりの〈わたし〉を発見する物語として表現されている。[*2]

本書では、「自己像幻視（ドッペルゲンゲル）」とは、自分の目にもうひとりの自分のすがたが見えると意識することを指し、この自己像幻視の考え方をさらに発展させて、複数の自分が感じられたり、複数の自分が重ねられてひとつの自分として意識されたりしていくことを「自己の分裂と統合の物語」と定義しておく。

1　「蜘蛛の糸」——不可解な現実をうまく理解できない自己の物語

お釈迦様の現実への関与

「蜘蛛の糸」は三章から成っている。[*3]「一」と「三」は、お釈迦様がいる極楽のようす、「二」は犍陀多がうごめく血の池の地獄が、それぞれ語り手によって語られている。「蜘蛛の糸」で表現されるのは極楽と地獄の様相であり、そこで苦しみもがく犍陀多である。極楽も地獄も現実の世界ではない。日常的な論理では理解できない神秘的な世界である。お釈迦様も、何物にも動じることなく、いわば普遍の真理を体現するという、現実の論理を超越した神秘的な存在である。

「一」の冒頭では極楽が次のように語られる。

或日のことでございます。お釈迦様は極楽の蓮池のふちを、独りでぶら〳〵お歩きになつていらつしやいました。

池の中に咲いている蓮の花は、みんな玉のやうにまつ白で、そのまん中にある金色の蕋からは、何とも言へない好い匂が、絶間なくあたりへ溢れて居りました。

極楽は丁度朝でございました。

色彩や匂い、「朝」という時間の表現に気づく。「まつ白」「金色」「何とも言へない好い匂」は、読者が現実世界で感じる感覚と同じである。「朝」も現実の時間を意識させる。極楽に現実世界の感覚を持ちこみ、あたかも現実の人間世界でのできごとであるかのように表現している。読者にとっては極楽も地獄も非現実の世界である。その漠然としたイメージは保たれながら現実の人間世界と同じものとして読み手に違和感を与えないかたちで表現されている。

お釈迦様が「水の面を蔽つてゐる蓮の葉の間から、ふと下の容子を御覧にな」ると、そこは地獄の底であった。

この極楽の蓮池の下は、丁度地獄の底に当つてをりますから、水晶のやうな水を透き徹して、三途の河や針の山の景色が、まるで覗き眼鏡を見るやうに、はつきりと見えるのでございます。

地獄にも「水晶のやうな水」「血の池」「まつ暗」「針の山の光」「墓の中」という修飾が与えられて、読者の生きている現実にある、色彩や具体的なイメージが付与されている。こうして極楽も地獄も現実世界のできごととして理解されることとなった。

お釈迦様は、殺人、放火など悪事を働いた大泥棒の犍陀多が地獄にいるのを発見する。彼は、かつてひとつだけ善いことをしたことがあった。道ばたの小さな蜘蛛を踏み殺さずに助けてやったのである。お釈迦様は、その報いとして「出来るならこの男を地獄から救ひ出してやらう」と蜘蛛の糸を垂らした。本文中では、お釈迦様の内面心理が語られるのは、この場面だけである。

こうして極楽から地獄に蜘蛛の糸を垂らした瞬間に、お釈迦様自身も犍陀多たちの現実に関わることになった。お釈迦様も犍陀多たちがあがく現実に関与することになったのである。お釈迦様も極楽も、犍陀多のいる地獄も、すべてを超越する絶対的な存在ではなくなり、現実の一要素として前景化してくることになったのである。極楽の蓮池や地獄の描写は、お釈迦様につきまとう「絶対性」のイメージを取り去り、お釈迦様に現実的な人格を付与するための装置としての機能を果たしているのである。

神秘に彩られた空間は現実味を帯びた空間へと変移する。神秘的な装いは、物語られる中途で、お釈迦様の現実への関与を契機に現実的な色彩を帯び始めたのである。

一本の細い糸という現実

そして、場面は「二」に移る。「血の池の血に咽びながら、まるで死にかゝつた蛙のやうに、唯もがいてばかり」いた犍陀多が空を眺めると、銀色の蜘蛛の糸が「一すぢ細く光りながら」垂れてきた。「この糸に縋りついて、どこまでものぼつて行けば、きつと地獄からぬけ出せるのに相違」ないと思い、この糸を「一生懸命に上へ上へと、たぐりのぼり始め」る。蜘蛛の糸をのぼり始めた犍陀多にとっては、この銀色の蜘蛛の糸だけが現実であり、希望であった。この場合の希望は、「この糸に縋りついて、どこまでものぼつて行けば、きつと地獄からぬけ出せ」、「うまく行くと、極楽へはいる事さへも出来」るというものである。ところが、しばらくして、くたびれて「もう一たぐりも上の方へは、のぼれなくなつ」た犍陀多は、ここまでたぐってきた蜘蛛の糸を見る。

すると、「数限もない罪人たちが」蜘蛛の糸を「よぢのぼつてくる」のである。犍陀多は驚いた。犍陀多と同じく、何百、何千の罪人どもにとっては希望を実現する現実の糸なのである。このまま多くの罪人がのぼれば糸が切れるのは必然である。犍陀多は、「下りろ、下りろ」と喚いた。その途端、糸は「ぷつりと音を立て、断れ」たのである。犍陀多のみならず、何百、何千の罪人どもにとっての現実は無残にも終焉した。ただし、注意しなければいけないのは、犍陀多が「下りろ」と言ったから糸が切れたとはなっていないことである。本文では、犍陀多が「独楽のやうにくるくるまはりながら」「暗の底へ」「まつさかさまに落ちて」いくところまでしか語られていない。

地獄の底に落ちていく犍陀多の脳裏には、何が去来したのであろうか。再び地獄に落ちた犍陀多は、「月も星もない空の中途に、短く垂れてゐる」蜘蛛の糸を見あげるであろう。そして思うに違いない。いったいあの糸は何であったのかと。犍陀多にとっては、銀色の蜘蛛の糸が自分の上に垂れてきたことも、その糸がぷつりと切れたことも、どちらも不可解なことに映ったはずである。さらに、垂れてきた糸を必死にのぼろうとしたことも、彼にとっては、その瞬間の現実との格闘であったし、独楽のように暗やみに落下したのもその瞬間の現実であった。蜘蛛の糸が自分の意思とは無関係に垂れてきて、自分の希望を無視するかたちで切れてしまったことが、不可解な現実として彼の脳裏に去来したであろう。犍陀多は、この不可解な現実を彼自身の中でうまく納得するための材料を持ちあわせてはいなかった。

この一本の細い糸という不可解な現実こそ、龍之介が「蜘蛛の糸」で描こうとしたことである。この作品の「蜘蛛の糸」という題名がそのことを物語っている。龍之介が、この童話の題名を「お釈迦様」でも「犍陀多」でもなく「極楽」でも「地獄」でもなく、「蜘蛛の糸」としたのは、作者の思惟が「蜘蛛の糸」をめぐって展開されていることを示しているのである。

お釈迦様の「悲しさうなお顔」と「ぶら〱」の表現

こうした枠組みによって語られる「蜘蛛の糸」に込めた龍之介の意図を読むためには、「三」の持つ意味をどう理解するかにかかっている。「三」で、とくに注目する必要があるのは、お釈迦様の「悲しさうなお顔」と「ぶら〱」の表現である。

お釈迦様は犍陀多の生前のたったひとつの善行を認め、彼を救済するために蜘蛛の糸を垂らしたが、犍陀多が「下りろ、下りろ」と喚いた瞬間に蜘蛛の糸が切れ、彼が地獄へ落ちていった「一部始終をぢつと見て」いたのである。お釈迦様は、「やがて犍陀多が血の池の底へ石のやうに沈んでしまひますと、悲しさうなお顔をなさりながら、又ぶら〱とお歩きにな」ったのである。問題は、お釈迦様がどうして「悲しさうなお顔をなさり、又ぶら〱とお歩きにな」ったかということである。

酒井英行は、「一」の「御思ひ出しになりました」「御考えになりました」、「三」の「思召されたのでございませう」という文末表現に着目して、「(一)における作者は、御釈迦様の内面を内面から描き出しているが、(三)においては、御釈迦様の内面を外から憶測によってしか描いていないのである」[*4]と述べている。

たしかに「三」では、お釈迦様の心理は、外から推測されるにすぎない表現になっており、お釈迦様の心理を決定づけるものはなく、ここから解釈の多義性が生じてくるのである。したがって読者それぞれに違う解釈もあり得るが、重要なことは、龍之介がお釈迦様の思惟を推測にとどめた理由の考察である。その鍵は「一」と「三」で二度表現される「ぶら〱」である。

樋口佳子「芥川龍之介「蜘蛛の糸」の「ブラブラ」を読む」[*5]は、その点で示唆に富んでいる。樋口は、お釈迦様がぶらぶらと歩く行為に注目する。お釈迦様は「「ブラブラ」と独りで歩いていた」に過ぎず、「そこでふと眼に止まった犍陀多を「出来るなら」「救い出してやろう」と考えた」だけであると指摘して、それは「「出来るなら」であって、「出来なければ」それでもいいのである。そこには初めから「一つの善い行いには一つの報いを」という「善因善果」の必然性はあまり感じられない」と述べている。

お釈迦様の行為は、「「ブラブラ」していて、ふと眼に触れたものにちょっと手を出してみようという軽い気持ちぐらいにしか受け取る事が出来ない」ものであって、「釈迦が「蜘蛛の糸」を垂らしたのは、ちょっとした暇つぶし程度ともとれる「気まぐれ的な行為」だったのではないか」とする。そのうえで、お釈迦様の行為に「傍観者的慈善行為」を見、そこに「よそよそしさ」や「冷たさ」を読む。

ただし、「冷たさ」「よそよそしさ」は樋口の主観であって、これをそのまま肯定はできない。しかし、議論の整理の仕方として、「ふと」「出来るなら」「ぶら〳〵」という、特定の明確な目的を持たないさまざまな行為については、これらの記述から読むことができよう。したがって「ぶら〳〵」が「一」と「三」で繰り返されるのは、「蜘蛛の糸」の極楽と地獄の世界が、とりたてて何の変化もしなかったことを表すために表現されたと考えることができるのである。

このように考えてくると、お釈迦様が「悲しさうなお顔をなさ」った意味が浮上する。語り手は、「三」では、「二」とは対照的にお釈迦様の内面を「自分ばかり地獄からぬけ出さうとする、犍陀多の無慈悲な心が、さうしてその心相当な罰を受けて、もとの地獄へ落ちてしまつたのが、お釈迦様のお目から見ると、浅間しく思しめされたのでございませう」と推測する。しかし、それが語り手の推測にすぎないことは、次の「しかし、極楽の蓮は、少しもそんな事には頓着致しません」がよく表している。

蜘蛛の糸を垂らすことによって犍陀多の現実に関与したお釈迦様は、自身の手によって犍陀多の環境を変えることはできなかったし、犍陀多がめざした極楽も変化することは何もなかったのである。だから、お釈迦様は、なす術もなく「ぶら〳〵」するという、特定の意図や目的を持たない行為を繰り返すのである。つまり、「一」で描かれたお釈迦様の思惟とは裏腹に、「三」の現実は何も変わっておらず、地獄から脱出するという希望を我がものとすることができなかった犍陀多の境遇も少しも変化していないのである。

自己の現実を理解できなかった物語

犍陀多にとって最大の不幸は、極楽へ行けなかったことでも、再び地獄へ落ちてしまったことでもない。繰り返しになるが、犍陀多にとっては、目の前に蜘蛛の糸が垂れてきたことも蜘蛛の糸が突然切れたことも意味の理解できないできごとであった。つまり、犍陀多という自己が彼の現実を自己の内部でうまく理解できなかったということである。思いつきで犍陀多の現実に関与したお釈迦様自身も同様である。犍陀多を地獄から救うはずであったのに叶わなかったばかりか、彼に蜘蛛の糸をめぐる事態を理解させることもできなかったのである。お釈迦様自身も犍陀多と同じくその環境を変えることはできなかったのである。だから、「悲しさうなお顔をなさ」ったのである。

お釈迦様が「悲しさうなお顔をなさ」ったのは、犍陀多が自分だけ助かりたいという思いで「この蜘蛛の糸は俺のものだぞ」「下りろ。下りろ」と喚いたことが原因であるという意見もあるだろう。

しかし、お釈迦様が、ひとつだけ善いことをした犍陀多を地獄から本当に救おうとするのなら、そもそもこんなまわりくどいことをせずに救えばよいことである。また、蜘蛛の糸を彼にとっての試練とみるなら、何を目的としたものかについて語られる必要がある。さらに、彼が「下りろ」と言わなかったとしたら、多くの罪人が次々と地獄を脱出することになるのだろうか。語り手の情報だけでは、これらの疑問は解決しない。つまり、お釈迦様の

「悲しさうなお顔」は、犍陀多の自分だけ助かりたいという思いが理由ではないことになるのである。

「蜘蛛の糸」は「エゴイズム」という教訓的な読みがさまざまなかたちで続けられてきた。しかし、樋口も指摘するように、「蜘蛛の糸」に「善因善果」「因果応報」の論理を読むことは不可能である。「蜘蛛の糸」に道徳性や教訓性を読みとろうとすること自体が、逆に、文学に教訓性を読もうとする、その評者自身の立場を明らかにすることになるのである。

三好行雄は「〈自分ばかり地獄からぬけ出さうとする、犍陀多の無慈悲な心が、さうしてその心相当な罰をうけて、元の地獄へ落ちてしまつたのが、御釈迦様の御目から見ると、浅間しく思召された〉という、いちおうは童話にふさわしい教訓も添えられているが、おそらく、そうした教訓の有効性を誰よりも信じていないのは作者自身であろう」[*6]と述べている。

しかし、「犍陀多の無慈悲な心」やお釈迦様が「浅間しく思召された」というのは、前述したように語り手の推測にすぎず、その評価を事実として確定する根拠は本文中にはない。したがって、それが本文全体の教訓として提示された結論であるかのように述べることはできない。また、「童話にふさわしい教訓」というのも童話の無理解からくる見解である。日本における童話の生成や歴史を見れば、「教訓」を持たないものが大半である。それよりも、童話は民衆の生活のなかから声の文化として生まれてきた伝承の物語であり、いわば心の文化としてはぐくまれてきたことを見るべきである。文学研究として童話を論じる際には、その十分な知見が求められる。童話で人生の教訓を教えるという教化主義を前提とする文学研究では実りある童話論は期待できない。龍之介が「教訓」を童話に持ちこもうとすると考えるのは、結局は芥川龍之介の文学についての読み手の歪みを露呈するだけである。

その点では、勝原晴希が「われわれはむろん釈迦ではない。だが、犍陀多でもない。なるほど究極においてすべての人は犍陀多であるかも知れない。人間とはわずかの善行と幾多の悪事を積み重ねる存在であるかも知れない。

だが、なぜ人は究極の相で描かれなければならないのだろう」[*7]と述べていることも、作品に教訓を見ようとする読みのひとつと言えるだろう。

物語世界のお釈迦様と犍陀多を読者と重ねてしまうことで、教訓的な読みの系譜にはまりこむのである。つまり、読み手自身が、お釈迦様や犍陀多と同じである、あるいは違うという視点で読むということは、「すべての人は犍陀多であるかも知れない」に代表される善悪論を導くことになる。そうすると、お釈迦様の心理を推測して語り手が語った内容にすぎない「心相当な罰」のために蜘蛛の糸が切れたという、作中にはないできごとが浮上する。もともと読者と作中人物とを重ねることなど想定されていないにもかかわらず、両者を無理に重ねていくと、作品に書かれていないことを根拠に恣意的に読むことが始まる。そこにエゴイズムや救済のイメージを呼びこむことになるのである。従来の研究の弱点もあらかじめ論者の意識にあるエゴイズム論に固執する結論が待っている。

以上をまとめると、お釈迦様や犍陀多が読み手と同じであるかないかという位相を超えて、自己の意思と相対的に分別される自己をめぐる現実が自己にとって理解しがたいものであり、ここに自己とは何かという問題に入りこんでいく「迷宮」とでも呼ぶべきアポリアがあることを「蜘蛛の糸」は示しているのである。「蜘蛛の糸」は、犍陀多が彼の周囲に生起した現実を何も理解していなかった、何も理解することができなかった物語なのである。

仏教説話でお釈迦様が登場すれば、そこには幸福が描かれ仏教的信仰の勝利という完結した世界が想起される。龍之介は、その期待を裏切ることで観念の世界を否定したのでもある。

2　「犬と笛」――自己の分裂と統合の物語

笛の〈力〉と三匹の犬

「蜘蛛の糸」で人間の意思を超えた不可解な現実とそれをうまく理解できないでいる自己の問題を描いた龍之介は、「犬と笛」では自己の分裂と統合の物語を展開する。

「犬と笛」については、第二章で見たとおりである。その内容の中心は、葛城山の麓に住む髪長彦という木樵の笛の〈力〉に象徴的に表現されている。髪長彦の笛は自然を従わせるばかりか、足一つ、手一つ、目一つの神の心も動かす〈力〉を持っていた。三人の神は、髪長彦に「嗅げ」「飛べ」「噛め」という三匹の犬を与えてくれる。それぞれの犬は本来備えている嗅覚などの能力を特化して持っている。命令形の名前に、『赤い鳥』の白秋童謡の影響が見られることについては、すでに考察したとおりである。犬がみずからの意志で動くのではなく、髪長彦の命令で、それぞれの働きをさせているのである。

物語の展開は、髪長彦が、それらの犬の能力を活用して、窮地に陥っていた姫たちを救出するというものであった。髪長彦の笛によって犬が協力して事態の打開にあたったのである。それは、犬が本来備えていたものが分身され、この笛の〈力〉で統合されるというものである。

足一つの神、手一つの神、目一つの神という三人の神というのも、人間の身体機能を特化させた表現である。これらの表象からは、自己を分身させ、再び統合させるという意識を見ることができる。つまり、この貧しい木樵の物語は、神と犬に仮託された自己の分身と統合の物語として描かれたのである。しかも、この物語は、手、足、目一つの神や分身された犬、笛や勾玉の〈力〉など神秘に彩られた物語ともなっていたのである。

自己の分裂と統合の物語は、「魔術」でさらに明瞭に現れてくるばかりか、内容的にも深められ、もうひとりの自己の物語を浮上させてくることになる。

二――もうひとりの〈わたし〉と出会う物語

自己を分裂させるという発想は、必然的に自己とは区別されるもうひとりの自己という問題を呼び起こす。「魔術」「杜子春」「仙人」は、もうひとりの〈わたし〉と出会う物語として描かれることになった。

1　「魔術」――もうひとりの〈わたし〉と出会う物語

ミスラ君の三つの魔術

「魔術」にも神秘的な世界が描かれている。

寂しい大森の町はずれの小さな西洋館を舞台に物語は展開される。ある時雨の降る晩のことであった。私は背の低い日本人の婆さんに鼠色のペンキの剥げかかった、狭苦しい玄関から、うす暗い石油ランプの光に照らされた陰気な部屋に通された。神秘的な雰囲気がますます醸し出されている。周囲は暗いうえに、物音といえば外の雨音ぐらいしか聞こえない部屋は、日常の世界からはみ出した非日常の世界を描くにふさわしい。しかし、作者の主たる目的は異世界の非現実を描くことではない。

「私」は、ランプの光だけが周囲を照らし出す闇のような場所で、「永年印度の独立を計つてゐるカルカツタ生れの愛国者で、同時に又ハツサン・カンといふ名高い婆羅門の秘法を学んだ、年の若い魔術の大家」である印度人マティラム・ミスラ君に、「あなたでも使はうと思へば使へ」るという魔術を見せてもらう。「高が進歩した催眠術に過ぎない」と語るミスラ君の手で演じられた魔術は、「二三度私の眼の前へ三角形のやうなものを描」くという簡単なものであった。

ミスラ君は「私」に三つの魔術を見せる。テーブル掛けの花模様を「麝香か何かのやうに重苦しい匂」のする花に変え、ランプを独楽のように廻し、「黄いろい焔がたつた一つ、瞬きもせずにともつてゐる」「何とも言へず美しい、不思議な見物」を見せてくれる。さらに、書棚に並んでいた書物を一冊ずつ動き出させ、「夏の夕方に飛び交ふ蝙蝠のやうに、ひらひらと宙へ舞上」らせ、再びもとの書棚へ戻していく、なかでも驚いたのは、「私」がミスラ君に貸した仏蘭西の新しい小説の仮綴じされた書物を「翼のやうに表紙を開いて、ふはりと空へ」浮上させ、「逆落しに私の膝へさつと下」ろしたことであった。

三つの魔術には、「重苦しい匂」「黄いろい焔」「膝」に落ちた「書物」という表現が使われている。これは、ミスラ君の魔術が、嗅覚、視覚、触覚という人間の身体感覚に働きかけたものであることを示している。また、「麝香か何かのやうに」「独楽のやうに」「蝙蝠のやうに」という比喩も、魔術が身体感覚への働きかけを理解させる修飾表現である。

このことは、後にミスラ君が催眠術によって「私」に見せた夢のなかの魔術が、身体感覚にではなく人間の精神領域に向けられていることと対照的である。ミスラ君が夢のなかで「私」に演じさせた魔術の比喩が、「気味悪るさうにしりごみさへし始める」「皆夢でも見てゐるやうに」「岩崎や三井に負けないやうな金満家」「嘲るやうな笑を浮べながら」「殆血相さへ変るかと思ふほど」「気違ひのやうな勢で」「決闘でもするやうな勢で」「まるで魂がはひつたやうに」と、精神的な表現に集中している。

つまり、小さな西洋館の「うす暗い石油ランプの光に照らされた、陰気な部屋」とは対照的に、「明い電燈光」や「滑かに光つてゐる寄木細工の床」に象徴される、明るい「銀座の或倶楽部の一室」で「私」の使う魔術が人間の精神領域に働きかける性質をもったものであると、作者は仕組んでいるのである。

また、ミスラ君の三つの魔術は、テーブル掛け、ランプ、仏蘭西の小説という西洋の印象を強く持たせたものばかりである。これは、「私」のなかにある西洋への憧憬を刺激し、魔術に興味を持つように仕向けられたものである。魔術に興味を持つことは、西洋への憧れの結果でもあるからである。ミスラ君が「私」に夢を見させるためには、「私」がミスラ君の魔術に魅せられ、それを学びたいと思わせる必要があったのである。

「慾のある人間」

こうして、ミスラ君の意図どおり魔術に魅せられた「私」は、自分も魔術を使いたいと思い魔術を教えてもらおうとする。しかし、魔術は「慾のある人間には使へません。ハッサン・カンの魔術を習はうと思つたら、まづ慾を捨てることです。あなたにはそれが出来ますか」と問われ、「出来るつもりです」と答える。ただ、「何となく不安な気もしたので」「魔術さへ教へて頂ければ」と言葉を加える。この言葉は、自分が「慾を捨てる」ことができるという自信がないことを表している。しかし、自信がないけれども、「魔術さへ教へて頂ければ」「慾を捨てる」ことができると「私」は明言したわけで、この明言が今後「私」自身の精神状態を拘束していく。この発言が次の物語の展開の布石となるのである。

それでも、ミスラ君は「疑わしさうな眼つきを見せ」てはいたが、「御婆サン。御婆サン。今夜ハ御客様ガ御泊リニナルカラ、寝床ノ支度ヲシテ置イテオクレ」と言って、その日の晩から「私」に魔術を教えることにする。このカタカナ表記の文言が、ミスラ君が「私」にかけた催眠術であることは明らかである。銀座の倶楽部の外でも、小さな西洋館と同じように雨が降っていることが、「私」がほんの二、三分のあいだに見た夢であることを示す布石となっている。

「私」が見た夢は、小さな西洋館でのできごとの一か月後に設定されている。ミスラ君に魔術を教わった「私」は、銀座の倶楽部の一室で、五、六人の友人の前で石炭を金貨に変える魔術を使って見せる。ここで注意する必要があるのは、ミスラ君の使った魔術と「私」の使った魔術との違いである。すでに見たように、ミスラ君の魔術が身体感覚に直接訴えかける神秘的なものであったのに対して、「私」の魔術は、石炭を金貨に変えるという、人間の精神領域に深く入りこもうとするものである。そもそも石炭自体が金銭的な価値を持つうえに、それを金貨に変えるという行為が、それを見た者に金銭的な欲望を誘いこむことは自明である。金銭に捕らわれてしまった人間の精神的な腐敗は、ときに人格そのものを破壊するまで進行する。それは、その後の「私」と友人との醜い争いがよく示している。ミスラ君のように、人々に不思議なものを見せて満足する「慾」などというものは、ここでは問題にされていない。したがって、ミスラ君が語った「慾を捨てる」という場合の「慾」が「私」の夢のなかで問題となる「慾」と同じレベルの「慾」であると考えるなら、「慾を捨てる」という場合の「慾」は、金銭的な「慾」を指すことになるのである。

「私」が石炭を金貨に変える魔術を友人たちに見せたことで、倶楽部の一室は異様な空気に包まれ始める。「私」と友人たちは、とうとう金貨を元手に骨牌（カルタ）を始め、しまいに熱の入った友人のひとりが「僕の財産をすっかり賭ける」という誘いを「私」にかけてくる。「私」は、押し問答の末、誘惑に乗り、賭けで全財産を奪おうと魔術を使ってしまう。そのとき、骨牌の王様がにやりと気味の悪い微笑を浮かべて「御婆サン。御婆サン。御客様は御帰リニナルサウダカラ、寝床ノ支度ハシナクテモ良イヨ」と聞き覚えのある声で言った。ふと気がつくと、ミスラ君が向いあって坐っており、「私の魔術を使はうと思つたら、まづ慾を捨てなければなりません。あなたはそれだけの修業が出来てゐないのです」と「気の毒さうな眼つきをしながら」「私」をたしなめたのである。この「気の毒さうな眼つき」は、「蜘蛛の糸」のお釈迦様の「悲しさうなお顔」を連想させる。龍之介の童話においては、ことを仕掛けた人物が物語の展開を見つめるまなざしは深い。のちに見る「杜子春」「仙人」「女仙」の仙人たちも、ともに生きる人々へのまなざしが特徴的である。

結局、「私」は一度も魔術を使ってはいないことが明らかとなる。ミスラ君から魔術を教わる前にすでに魔術を習得する資格のない人間であることが露呈してしまったわけである。

このことから、「魔術」は、「慾」を出した「私」が魔術を習う資格のない人間であることを明らかにされた物語と読まれることが多かった。たとえば、「欲望や煩悩多き人間には到底達しえない境地」(恩田逸夫)、「「人間性の喪失」の危機」(岸規子)、「「私」は「慾」という人間感情を捨て去れなかったことをマイナス価値と見做している」(酒井英行)という評価が出されてきた。[*8]

しかし、龍之介が描こうとしたのは、「私」が魔術を習う資格のある人間かどうか、あるいは「慾」を持った人間は魔術を習う資格がないかどうかということではない。龍之介の童話のうち、「蜘蛛の糸」「魔術」「杜子春」「仙人」には、登場人物が「慾」を出したために思わぬ結果を招く場面がある。ここから、龍之介が人間的な価値の問題として若い世代に金銭欲の問題を提起したことを読むのは不自然なことではない。金銭が人間を堕落させ、社会の価値のありようをも変質させることは、龍之介の時代も二一世紀の現在も同様である。

しかも、政治経済、石炭、金貨、岩崎、三井、金満家という言葉が重ねられることで、産業資本主義の発展に文えられた資本家のすがたがイメージされていく。資本主義のもとでの搾取と収奪が強化され、その富をもとに帝国主義による植民地争奪が激しくなった時代である。「魔術」冒頭に描かれる「印度の独立」運動、日本国内での労働運動の進展も、この時期のできごとである。龍之介が当時の時代風潮に拝金主義を見ていたことはおそらく間違いなかろう。

けれども、龍之介の文学は政治批判を主調としているのではない。資本主義イデオロギーは富の蓄積に価値を見出すことを支えとしている。経済活動で富の蓄積が結論されるためには、可視的、評価的な基準が明瞭でなくてはならない。その基準を受け持ったのが近代合理主義であった。龍之介のまなざしは、その近代合理主義への懐疑と批判へと向かうのである。人間の精神活動は唯一的な事象を想定してなされるものではない。すでに見たように、龍之介の場合は「娑婆苦に呻吟」する人々の思いへの共感がある。日々の貧しさや苦悩、つかの間の喜びは、理性的な認識を越えている。人々の揺れ動く脳裏には、現実へのさまざまな反応が満ちているのである。

もうひとりの〈わたし〉を見つめる物語

「魔術」の世界では、「私」が「あなたでも使はうと思へば使へますよ」というミスラ君の誘いに乗り、「私のやうな人間にも、使つて使へないことのないと言ふのは、御冗談ではないのですか」と応じていく場面が描かれている。当初はミスラ君に魔術を見せてもらおうと思った「私」であった。しかし、前述したように、魔術を使ってみたいと思わせる環境が用意され、身体感覚に働きかける魔術を見せられることによって「私」のなかの欲望が刺激されるに及び、その本音を深く沈潜させたまま魔術を使う誘惑に負けていくのである。

つまり、「魔術」では、金銭欲の問題は典型例として描かれているのであって、物語の本質は、人間は与えられた環境や刺激によって予想もしない反応を示すことがあり、それが思わぬ結果を招くということをあきらかにすることにあったのである。龍之介は、そのために、彼が得意とする自己像幻視（ドッペルゲンゲル）の手法を使いながら、「私」がもうひとりの「私」を見つめる物語を「魔術」全体の構想とした。ミスラ君は魔術を見せてもらう目的で訪れた「私」を誘惑し、魔術を使いたくなるよう仕向けたばかりか、さらに「私」に催眠術をかけたのである。そして、「私」に魔術を習う資格がないことを示すために、「オ婆サン。オ婆サン。……」というカタカナまじり標記された奇妙な言葉による催眠術を「私」にかけたのである。催眠術によって、「私」は、ほんの二、三分のあいだ夢を見ることとなった。その夢によって、「魔術さへ教へて頂ければ」「慾」を捨てることができると強弁した「私」の明言とは裏腹に、「私」が「魔術を教へ」てもらったあとも「慾」を捨てることのできない人物であることが露見する。つまり、「魔術」は、「慾」を捨てると明言する「私」と、実は「慾」を捨てることのできない「私」の出会う物語なのであった。

「魔術」の展開に、龍之介が構想した自己像幻視（ドッペルゲンゲル）を見ることができる。魔術を習おうとする自己には、その資格である「慾」を捨てることができると考え、その考えで自己を縛ろうとする「私」と、いったん魔術をわがものにしてしまったら、自己を縛ったその言葉を平気で裏切り、「慾」のために魔術を使う「私」とに分裂している二重の「私」のすがたを読むことができる。そのどちらの「私」も「私」自身なのであるが、一方を虚像とすれば、他方が実像になり、また逆に一方が実像とすれば他方が虚像になる、あるいはどちらもが実像であり、どちらもが虚像でもあるという構造をも持っている。これは、一つの身体にさまざまな現実に合わせた顔を持つ「私」が棲んでいるという不可解な自己を見つめる物語である。

「私」が夢のなかで見た骨牌（カルタ）の金貨にも、金貨が表から裏に変わるスリルに、自己が、もうひとりの自己になるというすり替わりの意味をも読め、これも自己が試されるという視点をもったものと認められよう。

谷崎潤一郎「ハッサン・カンの妖術」（『中央公論』一九一七・一一・一）に発想を得た龍之介は、童話という不思議が不思議なまま展開される世界に、生来の課題である不可解な自己の物語を、もうひとりの〈わたし〉と出会う物語として構想したのであった。

物語のなかでだまされていたのは「私」であるが、だまされたのは読み手自身も同じである。たしかに「私」はミスラ君の手で夢を見させられていた。しかし、そのことが明瞭なかたちで読み手に理解できるのは、二回目のカタカナ表記からである。読み手もまた、作者の手によって夢を現実と錯覚させられていたのである。金銭欲の問題を「私」を介在して考えている読み手が、こうしていつの間にか物語のなかへと深く入りこまされているのである。「魔術」では、もうひとりの〈わたし〉と出会う物語は、「慾」の問題に限定されて展開されている。しかし、これは「慾」だけの問題に限定されるものではない。当然、人間存在のあらゆる問題に視野を広げることの可能な内容を持ったものとして龍之介のなかでは考えられていた。

2　二つの「仙人」と「女仙」

仙人の系譜

龍之介は「魔術」の創作を契機に童話の世界でも本格的に分身あるいは自己像幻視の物語への執着を見せていく。そのなかに仙人を登場させることで作品の神秘的な要素を濃くしている童話がある。「杜子春」「仙人」「女仙」の三篇である。このほかにも童話と同名の小説「仙人」、未定稿の詩「仙人」、道士を登場人物とする「黄粱夢」、「素描三題」の草稿「仙人」も含めると、仙人が登場する作品は全部で七篇になる。なお、童話「仙人」には題名に「オトギバナシ」と付されており、小説「仙人」と区別するために、本稿ではオトギバナシ「仙人」、小説「仙人」と区別して表記する。[*9]

作品数でも題名の類似という点でも、龍之介が仙人を表象することに深い関心があったことがわかる。それゆえ、彼の仙人へのこだわりが生来の怪異趣味によるものか、文学精神としてのより深い表現であるかは龍之介研究にとって重要な意味を持ってくる。これまでの研究でも、その考察として仙人に焦点をあてて論じたものがある。たとえば、単援朝は「仙人」「黄粱夢」「杜子春」を比較考察して、これらが「人生の問題をめぐる仙人と凡人との確執」を描いており、「芥川文学における仙人の系譜ともいうべき作品群」を構成していると指摘して、龍之介が「自らの内面に潜んでいた人生の執着や人間の欲望を肯定する意向を表出する方法」をとったと論じている。[*10]

しかし、このような仙人の系譜を追う研究は少数であり、主要な研究は「杜子春」に集中しており、他の仙人に関する作品はほとんど議論になってこなかったのが現状である。また仙人の系譜を考察する場合も、中国古典文学との関連など典拠となったものとの比較研究が中心であった。[*11]

その一方で、近年、張蕾、邱雅芬ら中国の研究者によって「芥川龍之介と中国」という視座で芥川龍之介と中国古典文学との関係が本格的に論じられ始めている。[*12]

たしかに、これら先行研究が指摘するように、龍之介は中国古典文学に学び仙人の存在を知ってきたわけである。しかし、現実の社会問題や人間の存在と思惟に龍之介の関心が向かうにつれて、古典の世界を抜け出た仙人像を作りあげることに彼の関心は移っていったと考えられる。

本書では、これらの研究動向を踏まえながら、オトギバナシ「仙人」、童話「杜子春」、小説「仙人」、童話「女仙」を対象に、描かれた仙人の世界と人間社会とのかかわりを考察する。

考察にあたり、龍之介が神秘や怪異の世界を描くときに頻出させる「自己像幻視（ドッペルゲンゲル）」と「自己の分裂と統合の物語」とを手掛かりとしていく。小説「二つの手紙」「影」などの作品は、「自己像幻視（ドッペルゲンゲル）」の視点から考察されることも少なくないが、彼の童話にまで踏みこんでいるものはきわめて少ない。*13

筆者はこれまで、芥川龍之介の童話すべてに、彼が関心を持ち続けた自己像幻視の発想があることを考察してきた。その現れ方はさまざまで、自己の分裂や統合、もうひとりの〈わたし〉を発見する物語として表現されている。

繰り返しになるが、本書では、「自己像幻視（ドッペルゲンゲル）」とは、自分の目にもうひとりの自分のすがたが見えると意識することを指し、この自己像幻視の考え方をさらに発展させて、複数の自分が感じられたり、複数の自分が重ねられてひとつの自分として意識されたりしていくことを「自己の分裂と統合の物語」と定義しておく。

龍之介が「娑婆苦の為に呻吟」する人々に注目して創作するために怪異譚のなかから蒐集した素材のひとつが仙人であった。しかも、それらの仙人たちは、人々の間近にいて悩みを持つ人々に何らかの働きかけをする存在として描かれていることに特徴がある。

それでは、龍之介が理解していた仙人とはどのような存在であったのだろうか。龍之介の未定稿の詩「仙人」にそれを知る手がかりがある。

　仙人は　丹炉の前に　うづくまりて　石を点じて　金と　なす術を学べるなり　その傍に　虎はまどろみ
　やすみなき瞳に　かなたなる夜を　うかゞふ
　火は丹炉に　燃えて　やまざれど　石はなほ石なり　梁《うつばり》にねむれる龍の　角よりもなほ　いやしく　みにく
　き　石なり
　仙人は　安からず　太玄の書をよみ　ひたすら　丹炉の火を　守れども　かひなし　たゞ　虎のみ　やすみ

なき瞳に　仙人の肉をうかゞふ

仙人が石を金にする術を学んでいる。その術をなかなか会得できないとみえ、赤々と燃える丹炉の石はあいかわらず金にはならない。仙人には焦りも見える。心穏やかになれず、太玄の書を何度も凝視する。その傍には、生命力を漲らせた虎が、時折まどろみながらも、仙人を獲物にしようと虎視眈々としている。梁には龍が安らかに眠る。仙人と無生命の石、生命感のある虎、龍の構図が描かれる。一人前になるために懸命に修行する仙人からは「娑婆苦の為に呻吟」する人々のすがたが連想される。

「仙人」は一九一五（大正四）年頃の執筆とされている。[*14] この年は芥川龍之介にとって重要な年であった。「羅生門」が『帝国文学』一一月号に掲載され、久米正雄とともに初めて夏目漱石の門をくぐった年である。また、第四次『新思潮』の創刊が一九一六（大正五）年二月一五日であるから、その創刊準備にも多忙であった。その『新思潮』創刊号に掲載した「鼻」が漱石の激賞を受けたことで、龍之介は一躍文壇に登場する。

龍之介は「鼻」に続いて、小説「酒虫」（一九一六・六）、「仙人」（一九一六・八）を『新思潮』に発表する。「酒虫」は『聊斎志異』の「酒虫」、小説「仙人」も同書の「丐僧」など四話を典拠としているとされている。[*15]

本書では、仙人に焦点をあてながら、小説「仙人」、オトギバナシ「仙人」、童話「杜子春」「女仙」を比較考察することで、龍之介が「娑婆苦の為に呻吟」する人々の思いを作品化した意味を明らかにする。

小説「仙人」

小説「仙人」の舞台は「北支那」の市《まち》である。見世物師李小二は、鼠に芝居をさせるのを商売にしている。この商売で口に糊するのも容易なものではなく、天気次第で口がすぐ干上がる。そんなときは鼠を相手に退屈を紛らせる。鼠が彼をじっと見ると「明日の暮しを考へる屈託と、さう云ふ屈託を抑圧しようとする、あてどのない不愉快な感情とに心を奪はれて」しまう。「何故生きてゆくのは苦しいか、何故、苦しくとも、生きて行かなければならないか」という問題を李は考えたことはないが、「その苦しみを、不当だとは」思い、「無意識ながら憎」み、「漠然とした反抗的な心もち」もある。李は「どうせ生きてゐるからには、苦しいのはあたり前だと思へ。それも、鼠よりは、いくら人間の方が、苦しいか知れないぞ……」と五匹の鼠に語りかける。

ここまでが小説「仙人」の「上」の梗概である。「今昔物語鑑賞」の「娑婆苦」がそのまま表現されている。「中」は、商売の帰りに李が山神廟で見苦しい老人に出会う場面である。李は廟のなかに積んだ紙銭にいた、いかにもみすぼらしい老人を見て、「あらゆる点で、自分の方が、生活上の優者だと考へ」、「済まないやうな心もち」で語りかけた。ところが老人は、笑いながら「私は、金には不自由しない人間でね、お望みなら、あなたのお暮し位はお助け申しても、よろしい」と言う。意外な答えであった。しかも、床の上の紙銭を金銭、銀銭に変えてしまった。「下」では、莫大な富を得た李がこの老人に書いてもらった「人生苦あり、以て楽むべし。人間死するあり、以て生くるを知る。死苦共に脱し得て甚、無聊なり。仙人は若かず、凡人の死苦あるに」という四句の語を「作者」によって翻訳されたものが掲げられている。最後に、語り手が「恐らく、仙人は、人間の生活がなつかしくなつて、わざわざ、苦しい事を、探してあるいてゐるのであらう」と感想を述べて終わる。

龍之介は、人々のささやかな幸福や苦悩に目を向けている。他人とのわずかな差異に喜んだり悲しんだりする人々の心の揺れ動きも「娑婆苦の為に呻吟」することである。李の思いは、龍之介の生きた時代の人々の思いでもある。生活の苦しさや生きる難しさを、あるいはつまらないことが原因で起こる諍いを、身近な弱いものに仮託して、救済を求める。そして仙人の言葉「人生苦あり……」のような警句に心打たれ、明日の生きるエネルギーを見いだす。李の場合は、莫大な財産まで手にしたのである。

仙人は、人々の傍らで人々の「呻吟」するさまを見つめ、明日への希望をささやく存在として、龍之介には理解されているのである。龍之介は、中国古典に学び、仙人のすがたをこのように理解し始めていたのであろう。

オトギバナシ「仙人」

同じ題名のオトギバナシ「仙人」を見てみたい。その梗概は次のとおりである。大阪の町へ奉公に来た権助は、口入れ屋の番頭に「仙人になりたい」と口の世話を頼む。番頭は対応に困って近所の医者に話すと、狡猾な医者の女房が「仙人にして見せる」と言って権助を引き受ける。女房は、権助に二十年間奉公すれば仙人になれると嘘をつき、ただ働きをさせる。そしてとうとう二十年が経過し、権助が「御約束の通り」「不老不死になる仙人の術を教へて貰ひたい」と申し出た。女房はさらに意地悪く、権助を庭の松の木のてっぺんに登らせ両手を離させた。すると、権助は中空へ立ち止まり、「おかげ様で私も一人前の仙人になれました」と言って、だんだん高い雲のなかへ昇っていってしまった。結末は「医者夫婦はどうしたか、それは誰も知つてゐません」と語り手が説明したうえで、権助の登った松の木が後世まで残っていた後日談を加えて締めくくられている。

この物語は、だまされてただ働きをした男が本当に仙人になってしまった物語、試練に耐えて努力すれば夢が叶えられる物語と読まれてきた。[*16] しかし男は、実はもともと仙人で、一人前になる修行をしていたと読むほうが自然である。というのも、権助が「おかげ様で私も一人前の仙人になれました」と言っているからである。つまり、半人前の仙人であった権助が一人前になるために、二十年間ただ働きをして何をされても言われても無心に働くという修行をしていたのである。

一人前でない仙人には、この修行はおそらく厳しいものであったはずだ。しかし、権助は、この修行に成功し、晴れて一人前になり天に昇ることができたのである。そもそも詩「仙人」も小説「仙人」も事実と幻想の区別が判然としていない。すべてが幻想であったとも読めるのである。オトギバナシ「仙人」も同様に幻想のなかにある。権助と医者夫婦が出会うところまでが事実で、そこから半人前の仙人権助が催眠術をかけて夢を見させていると読むことも可能である。

ところで、あくどい商売をしている口入屋と医者夫婦も、ささやかな日常を生き「娑婆苦の為に呻吟」する人々にほかならない。生きるためにはときには嘘も言い、嘘が破綻するのを恐れたために、その解消に至るまでが長い年月となることさえもある。

「仙人」では、半人前の仙人権助が登場することで、医者夫婦の日々の暮らしに変化が起こった。さらに嘘を重ねることになったのである。その意味では、権助に試されたとも言える。特に医者夫婦は罪が深い。自らの欲望のために、ひとりの男を二十年間もただ働きさせることなど尋常な行為ではない。仙人権助は医者夫婦に対して、医者という人道上の身分に隠れ、欲のために他人に平気で嘘がつける人間であることを、夢のなかで体験させている。普段のすがたとは違う、もうひとりの自分たちのすがたを見させている。置かれた立場や状況によって、今まで振るまってきた態度を一変させることも平気なのである。

物語の最後は、権助のその後についての記述ではない。「医者夫婦はどうしたか、それは誰も知つてゐません」と、医者夫婦のその後について語られている。医者夫婦がこの後どうなったか。嘘吐きを深く反省した、あるいは悔い改めたなどということは問題ではない。おそらくまたいつもの日常が戻ってきたはずである。しかし、人を騙してしまったことへの少しの傷を心に持ったことは間違いないであろう。

龍之介にとっての「仙人」の意味

次に、「今昔物語鑑賞」とほぼ同時期に書かれた「女仙」[*17]を見てみたい。

舞台は「支那」の桃の花の咲く片田舎である。書生が隣の若い女の罵り声に気づく。その女が木樵りの爺さんの白髪頭を殴っている。書生は、年上の者を殴るとは修身の道に反しているとたしなめた。ところが、女は自分はこの木樵りの母親と名乗り、「倅はわたしの言葉を聞かずに、我儘ばかりしてゐましたから、とうとう年をとつてしまつたのです」と言う。女の年齢は三千六百歳である。書生が仙人と気づいたときには、女は「うらうらと春の日の照り渡つた中に木樵りの爺さんを残したまま」消えてしまった。

四百字詰め原稿用紙二枚半程度であるが、これも事実と幻想との領域が区別しがたい小品である。女はこの爺さんは自分の倅であると言うが、どう見ても女のほうが若い。しかし、女は三千六百歳と言う。桃の花の甘い香りとぽかぽかとした陽気は幻想的な気分を誘う。本ばかり読んでいた書生は眠気を誘われ、夢を見たのかも知れないと思ってもおかしくはない。不思議な気分になったまま結末部で女が仙人であると明かされる。最後に意外な結末が待っている手法は、オトギバナシ「仙人」に類似している。「仙人」では権助が仙人とは明かされていないが、松から昇天するときは一人前の仙人になったことを本人が語っていることからも、その類似性は明らかである。

ここで女が指摘するのは年齢である。爺さんは我儘をして年を取り、女は年を取っていないのだから我儘ではないことになる。母親が仙人であるから爺さんも実は仙人である。息子が我儘をしたために若いままでおれず爺さんになってしまったのである。

では、母親の女仙人が指摘した我儘とは何だったろうか。書生は、爺さんを殴る女をたしなめて「修身の道」にはずれていると指弾した。すべての話が裏返るとしたら、「修身の道」にはずれていたのは、ほかでもない爺さんのほうであったということになる。つまり、我儘とは「修身の道」にはずれることであったと理解できる。ただし、ここで言う「修身の道」とは、仙人なのであるから修行のことを指す。「顔中に涙を流したまま、平あやまりにあやまつてゐる」息子は、修行を怠り母親のように仙人の道を究められずにいたのである。[*18]

母親に指弾されながらも、修行に集中できず、我儘な行為に身をやつして苦しむ息子は「娑婆苦の為に呻吟」する人々そのものである。その人々の苦しい思いを、爺さんとなった息子の涙に見ることができる。

3 「杜子春」——もうひとりの〈わたし〉と出会う物語

「人間らしい、正直な暮し」と母の声

「杜子春」に登場する仙人も、ひとりの若者に夢を見させる。そのなかで、もうひとりの自分のすがたを直視させている。しかも、自己の分裂と統合を繰り返しながら出会わせるという巧妙な仕掛けが施されている。

「或春の日暮」に「唐の都洛陽の西の門の下に、ぼんやり空を仰いでゐ」たひとりの若者、杜子春が、その日の暮らしにも困り、「一そ川へでも身を投げて、死んでしまつた方がましかも知れない」と思っている。そこに老人が現れて、「今この夕日の中へ立つて、お前の影が地に映つたら、その頭に当る所を夜中に掘つて見るが好い。きつと車に一ぱいの黄金が埋まつてゐる筈だから」と言う。杜子春はこの老人の言葉によって夢のなかで、もうひとりの杜子春のすがたを見ることになった。*19

杜子春は一日のうちに大金持ちになった。不労の大金を得た人間は、いくつかの行動類型を示す。そのうちの主なものは、不労の大金ゆえに贅沢を控え専ら貯蓄に回すか、寄付などの社会的に有意義な活用方法を探るか、あるいは散財を尽くすかであろう。杜子春は第三の道を選んだ。ここには、これまでの哀れな杜子春とは思えない、もうひとりの杜子春の顔がある。そして、散財を尽くし、再び以前の一文無しになった彼に待っていたのは、「彼に宿を貸さうといふ家」も「椀に一杯の水も、恵んでくれるもの」もいないという現実である。しかし杜子春はまだ

懲りない。老人の「今この夕日の中へ立つて、お前の影が地に映つたら、その胸に当る所を、夜中に掘つて見るが好い。きつと車に一ぱいの黄金が埋まつてゐる筈だから」という言葉に従う。

こうして、杜子春は夢のなかで再度洛陽一の大金持ちになり、散財を尽くし、無一文になる。そしてまた老人が杜子春に声を掛け「今この夕日の中へ立つて、お前の影が地に映つたら、その腹に当る所を、夜中に掘つて見るが好い。きつと車に一ぱいの――」と告げた。しかし、杜子春は三度目の老人の誘いには乗らなかった。人間に愛想がつき、弟子となって仙術の修行をしたいと申し出る。大金持ちになり散財をしつくす、もうひとりの自分のすがたを見た杜子春が得た結論は、人間に愛想がつきたということであった。ここではまだ自らの行為を省みることまでには目が向いていない。原因を他者に求めている。幾度もの過ちの責任を他者へ転嫁するのである。

ところが、仙人は、この若者に「感心に物のわかる男」と言い、どんな事態に陥っても無言でいることを修行の条件として提示する。夢のなかで新たなもうひとりの杜子春のすがたを見る物語の始まりである。杜子春は、虎や蛇が飛びかかっても、身の丈三丈もある神将が切りつけても言いつけどおり声も出さない。命を落とし、地獄の底へ下りていき、閻魔大王の命で鬼どもに激しい責苦にあうものの、そこで馬にされた父母と再会する。しかし、閻魔大王は容赦せず父母を打ちのめす。懐かしい母は杜子春に語りかけた。「心配をおしでない。私たちはどうなつても、お前さへ仕合せになれるのなら、それより結構なことはないのだからね。大王が何と仰有つても、言いたくないことは黙つて御出で」と。

散財の限りをつくし人間に愛想がつきてしまった子どもでも、この無償の愛の言葉に涙する。仙人の言葉を忘れ「お母さん」と一声叫《つか》ぶ。「杜子春」のなかで最も美しく心打たれる場面である。杜子春は、地獄に落ちてもなおわが子を心配する母の言葉に心を動かされた自己のすがたを直視することになった。夢のなかで人間的なもうひとりの自分のすがたを見た杜子春は、術が解かれたあと、仙人になれなかったことを「反つて嬉しい気がするのです」

と語り、「人間らしい、正直な暮しをするつもりです」と仙人に告げる。仙人は、それに応え「お、、幸、今思ひ出したが、おれは泰山の南の麓に一軒の家を持つてゐる。その家を畑ごとお前にやるから、早速行つて住まふが好い。今頃は丁度家のまはりに、桃の花が一面に咲いてゐるだらう」と「さも愉快さうに」語った。[*20]

「人間らしい、正直な暮し」とは、自己と他者に対して誠実に接し、嘘や虚飾のない人生を送ることである。そのためには、自らの生活を自らの意志で確立していくことが必要になる。それが自立ということである。

語り手は、その後の杜子春が仙人の言いつけどおりにしたかどうかは何も語っていない。つまり、杜子春のその後の行動については読み手に委ねられているのである。そのため、たとえば石割透が「子春は『愛想が尽きた』という〈人間愚〉に充ちた世界に戻るのではない。仙人から与えられた〈泰山の南の麓〉の〈一軒の家〉、桃源郷を思わせる『家のまはりに、桃の花が一面に咲いてゐる』一軒の家に帰るのだ。それは隠遁、或いは〈風流〉の世界を暗示するもので、雑たる市井の世界に戻るのではない[*21]」という読みなどが出されてきた。

しかし、自立した、人間らしさを人生の指標にしようとする杜子春は、仙人の言葉には従わず、働くことで生活の資を得るという誠実な労働の道を選んだという読みも成立する。しかも、この読みのほうが、歓喜や苦悩をもって「娑婆苦の為に呻吟」する人々と、ともに生きる仙人を描いてきた龍之介の文学世界に合っている。

中国では古来より桃は母性の象徴とされてきた。仙人の言う「桃の花の咲く家」とは、母の思いが実感できる生き方をする場の比喩的表現である。

一方、杜子春が求めているのは「人間らしい、正直な暮しをする」場である。杜子春が自立して生活する場は、仙人に与えられた「桃の花の咲く家」ではない。自立を決意した杜子春は、仙人の「与え」を受ける必要はなく、母の思いに包まれている必要もない。彼は、洛陽の町で誠実に生きる道を選択したであろう。

ただし、それは母の思いを求めないことではない。「言いたくないことは黙つて御出で」という母の思いは、意に沿わないことは拒絶しなさいという明確な自立を求めたものである。その母の声は永遠に杜子春の胸のなかにあったに違いない。仙人の助言に従い、桃の花の咲く一軒の家に住みながら畑を耕作して幸福に暮らすという道が母の思いに応えるものではない。ひとりの力で働く場を探し求め、誠実な労働をもってしだいに他人にも信頼される生活を実現することが母への思いに応える自立の道であったはずである。

杜子春の「影」

杜子春は、夢のなかで仙人によって三つの顔を持った自分のすがたを見ることになった。それらの顔は、置かれた状況に応じて使いわけていくものである。つまり、ひとりの杜子春の身体には、金持ちになったら散財しつくすことになる杜子春、人間に愛想がつき仙人になろうとする杜子春、母の無償の愛の言葉に触れ思わず「お母さん」と叫ぶ杜子春という、それぞれの顔を持った杜子春が存在していることに気づくことになったのである。それが母の言葉によって、強く自立を促され「人間らしい、正直な暮しをするつもりです」と思いを新たにする。それはあたかも二人にも三人にも分裂した杜子春という自己が、母の言葉で再び統合する物語であることを示している。「杜子春」で最も感動的な場面である。母の愛に応えようとする息子という構図が感動的なのは、それが「娑婆苦」に生きる人々の愛情の典型でもあるからである。

「杜子春」に「もうひとりの自分」を見つめる物語を読むのは、龍之介が終生自己像幻視（ドッペルゲンゲル）にこだわったからである。「僕は」に「僕はいつも僕一人ではない。息子、亭主、牡、人生観上の現実主義者、気質上のロマン主義者、哲学上の懐疑主義者等、等、等、――それは格別差し支へない。しかしその何人かの僕自身がいつも喧嘩するのに苦しんでゐる」という記述がある。[*22] そこから置かれた立場や状況に応じてさまざまに変容する自己のすがたを見つづける芥川の意識が読みとれる。

「杜子春」のなかで自己の分裂と統合の物語がよくわかる表現に「影」の問題がある。仙人が杜子春に三たびも語った言葉には、必ず「影」の語が用いられている。仙人は洛陽の西門の下に「お前の影が地に映つたら」と三度繰り返して言った。この「影」は、杜子春という自己の持つ「影」である。杜子春というひとつの身体には、状況に応じて変わる複数の杜子春が棲んでいたことはすでに見てきたとおりである。このうちのどれかを杜子春という本体の自己と考えると、それ以外の杜子春は「影」ということになる。仙人の言う「お前の影」は、こうした考え方を踏まえている。仙人は、地に映った自分の影を掘ると自己の本質のひとつが現出することを、杜子春に語っていたのである。

この見方に立てば、ひとつの身体に複数の自己を抱えこむことになり、そこに矛盾が生じてくる。財産を使い尽くし死ぬことしか頭にない杜子春、散財の限りを尽くす杜子春、人間に愛想がついてしまった杜子春、人間らしい、正直な暮らしを選ぼうとする杜子春という複数の杜子春は、その時々の杜子春という本体であったはずである。これらが、ひとつの身体で矛盾しながら同居してきた。矛盾した二人、三人の杜子春という不可解な自己の内面を見つめようとする龍之介は、その不可解な自己に光をあてながら、母の声とそれに応える杜子春の声を物語の中央部に据えたのである。[*23]

「点鬼簿」には、「僕の母親は狂人だった」という印象的な記述がある。龍之介は、実母が龍之介出生直後に「発狂」したという不幸な現実を背負っている。そのゆえに、母親への強い思慕を持ったことも夙に指摘されてきた。その母より出生した捉えどころのない自己の内面を探っていくと、そこに現出したのは、二人あるいは三人の自己の分裂したすがたであった。「影」は、その分裂した自己の「影」として表現されたのである。仙人は、「娑婆苦」の世界をともに生きるものとして、自立という最も「人間らしい」すがたを示すことで分裂させた自己をひとつに統合していったのである。

その意味で、龍之介の母親への強い思慕は、「「どこかへ消えてしまつた」永遠なる母―精神の楽園[*24]―」を探る旅を支えつづけるものであったという見解は示唆的である。

「娑婆苦」の人々とともに生きる仙人像の提示

龍之介の作品のなかでは、仙人は、一人前、半人前を問わず、自分自身も悩み苦しむ存在として描かれている。つまり、仙人そのものが人間味を感じさせる存在になっている。しかも、「娑婆苦に呻吟」する人々とともに生きる存在として表現されているところに特徴がある。「娑婆苦に呻吟」する人々は、仙人たちによってもうひとりの自分のすがたを認識させられているのである。

小説「仙人」では、貧苦にあえぐ李小二が、人間生活を懐かしむ仙人によって四句の警句と莫大な財産を与えられた。オトギバナシ「仙人」では、医者夫婦が半人前の仙人権助によって、自らの利益のためには嘘や偽りを平気で言える人間であることを暴かれている。「女仙」では、耽読する書生が、怠惰ゆえに修行を怠り年老いてしまった息子と厳しい修行で年をとらなかった母親の女仙人が表面上は逆の年齢に見えるのを教えられている。「杜子春」では、杜子春が仙人によってもうひとりの自分のすがたを何度も見せられ、「人間らしい、正直な暮しをする」決意をする。

仙人が登場する神秘的な世界を描くために龍之介の取った手法が、自己像幻視（ドッペルゲンゲル）と自己の分裂と統合であった。この方法を取ることで、仙人と「娑婆苦に呻吟」する人々との接点は身近なものになったと言えよう。そのことで、現実社会に生きる人間像を動的な存在としていきいきと写し出すことに成功したのである。

『今昔物語』や『聊斎志異』に描かれた神秘や怪異の奥には、「娑婆苦に呻吟」する人々の苦悩、喚起が渦まいている。幼少期より蒐集した怪異譚に人々の声を感じとった龍之介は、自らもそうであったように神秘や怪異に関心を持つ少年少女が、物語の奥に隠された人々の声を感じることを期待して、仙人が縦横に動き回る童話や小説を書いたのである。

中村真一郎は「大正時代は日本の童話史上で、このジャンルが最も芸術的に高められた時期である」と評価している。「大正時代」が「童話の黄金時代」であるとされる特質について述べ、そのなかでも龍之介の童話は「何よりも先ず、少年の読者を魅惑する話術の自在さと展開の意外さを持っている。その点でも彼の小説にひけ目はとっていない」と書く。とくに「ぼくらが彼の童話で感心するのは、その例外のない、後味のよさである」と、彼の童話に賛辞を送る。そして、その「後味の良さ」を感じる理由として、「表面に現われでている」「明るくて暖かい人間尊重の気持ち、素直で親しみのある人道的思想」に言及している。[*25] この「人道的思想」の核心には、「中流下層階級」の子としての鋭い直感で、怪異譚に込められた「娑婆苦の為に呻吟」する人々の苦悩と喜びに気づき、それを小説や童話のかたちに表現しようとして模索した龍之介の文芸実践があったのである。

4 「アグニの神」——催眠現象と自己の分裂

運命の不思議なこと

「アグニの神」は、「妖婆」（『中央公論』一九一九・九・一〜一〇・一）を童話のスタイルで書き直したものである。「妖婆」は、龍之介自身「失敗作」とし「アグニの神」とともに死後の全集収録を拒んだ作品として知られる。同時代には、佐藤春夫の「妖婆」評があり、その後も吉田精一以来の厳しい批評が続いてきたが、近年になって、「妖婆」評価の見直しがされるようになってきた。[*26] しかし、作者による推敲が進んだ「アグニの神」では、童話としての完成度も高くなっている。

「アグニの神」は上海のある町が舞台である。日本領事の書生である遠藤が、領事のお嬢さんで行方知れずになっていた妙子を、人相の悪い印度人の婆さんの家で見かける。遠藤は妙子を救おうと婆さんの家に乗りこんでいく。しかし、婆さんの魔法にかかって妙子の救出に失敗する。

家の外でうろうろしていた遠藤のもとに、家の二階にいる妙子からの手紙が落ちてきた。いつもは婆さんが催眠術でアグニの神を乗り移らせるのだが、今晩はアグニの神が妙子に乗り移った振りをして、妙子を領事の家に返すように言わせる計画を組むので、そのときに救出に入ってくれという依頼であった。ところが、妙子は寝いってしまい、結局この計画は失敗する。そこに、アグニの神の声で、婆さんに「お前はおれの言ひつけに背いて、いつも悪事ばかり働いて来た。おれはもう今夜限り、お前を見捨てようと思つてゐる。いや、その上に悪事の罰を下してやらうと思つてゐる」「お前は憐れな父親の手から、この女の子を盗んで来た。もし命が惜しかつたら、明日とも言はず今夜の内に、早速この女の子を返すが好い」と言うので、婆さんは妙子の仕業だと思って妙子をナイフで殺そうとする。しかし、婆さんは逆にそのナイフで自分の胸を刺されてしまう。遠藤は「運命の力の不思議なこと」を感じ「私が殺したのぢやありません。あの婆さんを殺したのは今夜こゝへ来たアグニの神です」と囁いた。

物語は、「妖婆」の展開が下敷きになっている。「妖婆」では、舞台が東京になり、遠藤は新蔵、妙子はお敏、印度人の婆さんはお島、アグニの神は婆娑羅の神となっている。「妖婆」には、「アグニの神」には登場しない新蔵の「商業学校時代の友だち」である秦さんが登場する違いはあるが、内容の骨格はそっくりである。お島に捕らわれたお敏が、婆娑羅の神の乗り移りに使われているのを新蔵が救出しようとするが失敗する。しかし、お島婆さんは落雷で死んでしまう。新蔵は、秦さんから、新蔵とお敏の恋の邪魔をすれば、お敏の命に関わるとお島が言ったことを聞かされるというものである。

大きく異なっているのは、「妖婆」では、この内容の前に、語り手である「私」が東京の町での怪異を延々と語る場面が置かれていることである。読者は、その語りに長らくつきあわされたあとに、本題の物語を読むことになる。そのため物語の展開が入りくみ、焦点がつかめないまま本題へ入ることになる。一方、「アグニの神」は、前書き部分を削り落としたので、わかりやすい内容になった。これは、想定読者が大人であるか子どもであるかという違いというよりも、龍之介が描こうとした内容上の違いが要因となっている。「妖婆」では、怪奇的な描写に主眼が置かれたため、東京の町に出現する怪異への執着が見られたのに対して、「アグニの神」では、「運命の力の不思議なこと」に狙いが定められている。これが「妖婆」と「アグニの神」という作品名の違いにもなっている。

「アグニの神」がわかりやすい構造を持つことになったのは、「妖婆」の経験を踏まえ童話の形式を踏んだことに起因している。もともと不思議なできごとに必然性を持たせる必要はないものの、大人向けの小説である以上、物語としての説得力は求められる。そこで、龍之介は、東京の町の怪異を書き連ねることで不思議の世界への入り口としたのだが、細かく表現された怪異の世界が複雑すぎたために、この試みは成功しなかった。しかし、「アグニの神」では、「妖婆」の反省から同じ題材を童話で描く手法を選んだため、冒頭から読者を不思議の世界に誘い、最後まで神秘的な不思議な世界のまま幕を閉じることに成功している。だから、最後の場面で遠藤が「運命の力の不思議なこと」と囁いても違和感なく読むことができる作品となったのである。これまで「蜘蛛の糸」「犬と笛」など、数篇の童話を書いてきた龍之介は、童話の形式を十分に踏まえたうえで神秘の世界を描くことができたのである。*27「第五作の「アグニの神」以後になると、龍之介が童話の技巧に習熟して、かなり手なれた語りくちに変わっているのに気づく。「アグニの神」は娯楽性に徹した冒険物語だが、たとえば「犬と笛」などに比して、どんでん返しふうな収束をふくめて、構成ははるかに緻密である」という三好行雄の指摘はもっともである。

不可解な現実の了解

「アグニの神」に登場する遠藤も妙子も日常世界の普通の人であり、アグニの神のすがたも描写されない。アグニの神が古代インド神話の火の神であることも当時の読者に知られていたことではなく、『赤い鳥』の読者である子どもたちにとってアグニの神がどういう神かを想像する余地はなかったであろう。とりたてて関心が持てるわけでもない人物やよく知られていない神を設定する一方で、特に興味がわくのは婆さんの存在である。作者によって名も与えられない婆さんは、自分の「慾」のために魔法を使う人物として描かれる。三百弗の小切手を見せられると愛想が良くなり、妙子の所在を確かめようとする遠藤に嘘を貫こうとするなど、婆さんは嘘と欲望の塊として表現されている。その嘘と欲望の果てが婆さんの自滅の道であった。ここには、龍之介がこれまでの童話で書いてきた「慾」の問題があり、登場人物が自分の「慾」のために自滅するという構図も、これまでの龍之介の童話に共通している。読者である子どもたちは、神秘な世界に垣間見せる、龍之介の「慾」に関するメッセージを、「アグニの神」から受けとることになった。

ただし、「慾」の問題を道徳的に読むかどうかは読者の自由であるが、[28]作者が「アグニの神」を「慾」の問題に限定して教訓的に読ませようとしたと考えるのは、これまでの童話と同様に困難である。というのは、次に見るように、龍之介の主たる関心は婆さんの「慾」よりもアグニの神自体に向けられているからである。これは、作品名を小説の「妖婆」から童話の「アグニの神」と変更したことからも推測される。

物語の最終場面では、自己分裂の様相が浮上している。これまで龍之介が童話に刻印させてきた自己分裂の物語は、「アグニの神」では妙子という少女に表現された。婆さんに魔法をかけられた妙子は、いつもはアグニの神の声色で、婆さんの「慾」に役立つように働いていた。しかしこの場面では、アグニの神が逆に婆さんに不都合なことを命令する役を演じているすがたと、眠ってしまっている妙子に分裂していくさまが描かれている。[29]妙子自身は、眠っているときに自分が取った行動は自覚していない。けれども、読者は妙子が眠ってしまう行動と、アグニの神の声色で婆さんの意向に逆らって行動するようすを目にしている。

また、最終の場面で婆さんの死について、「意外にも自分の胸へ、自分のナイフを突き立てた儘、血だまりの中に死んでゐました」と語られているのは、これが予想外の展開であることを示唆しており、「今夜の計略が失敗し」たのは、作為の力ではなく「運命の力」であることが強調されている。これは、これまで婆さんに利用されてきたアグニの神が、婆さんの欲望どおりに動かない神に変身したすがたであることをも示している。

これらの分裂的な様相が妙子の身体を舞台に展開されているのである。龍之介が、ここで妙子に焦点を合わせ、自己分裂の手法を使って描いたのは、「純粋な少女の祈りと悪に打ち勝とうとするけなげな姿」とか「魔力の人間的に正しい行使[*30]」というように、正義を示そうとするものではない。すがたを見せないアグニの神が婆さんを殺したかどうかは特定されていない。たしかなことは、婆さんは自分のナイフで死んだということだけである。遠藤がこれを目撃して、この不可解な現象に「運命の力の不思議」を感じ、「あの婆さんを殺したのは今夜こゝへ来たアグニの神です」と自分を納得させているのである。つまり遠藤は、この場の環境から不可解な婆さんの死を「運命の力」として理解したことを示しており、そのことを妙子も了解したのである。二人をめぐる事態の急展開を自分たちのなかで了解するという構造は、「蜘蛛の糸」や「トロッコ」と同じである。

こうして「アグニの神」でも、催眠現象を織りこみながら自己の分裂とそれを契機に登場人物が自らを取り巻く現実の不可解さを了解していく過程が描かれたのである。その点で、大高知児が「不可解な存在に関わる人間の思考・行動が、あくまでモチーフの主体」と読むのは、筆者と見解を共通にしている。[*31]

5 「三つの宝」——自己とは何かを問う物語

「黒ん坊」の王様と王子の二項対立

「三つの宝」は、雑誌『良婦之友』(一九二二・二・一)に「童話劇」として発表された。「童話劇」とは、二〇世紀初めに隆盛をみた児童劇のことである。日本では、一九世紀がお伽芝居の時代であったのに対して、二〇世紀初頭は童話劇の時代とされる。*32 多くの文壇作家が童話だけでなく童話劇も書いた。「蜘蛛の糸」「犬と笛」「魔術」「杜子春」「アグニの神」が掲載された『赤い鳥』にも童話劇が多数掲載されていた。龍之介が童話劇を発表したのもこうした背景があってのことであろう。

「三つの宝」は、その後『春服』(春陽堂、一九二三・五・一八)に収録されたのち、作者の一周忌直前に刊行された童話集『三つの宝』(改造社、一九二八・六・二〇)に収められた。なお、一九四九年五月と年月は下るが、冨田博之『日本児童演劇史』には、「三つの宝」が、文学座による第二次大戦後第三回目の童話劇として芥川比呂志演出・岩田豊雄補導で芦屋の小学校と大阪の中学校で催された記録がある。*33

童話集『三つの宝』の巻頭に置かれた佐藤春夫の「序に代へて—他界へのハガキ」や巻末に記された小穴隆一の「跋」は、生前の龍之介が本書の企画に関与し、刊行を期待していたことを知らせている。佐藤はその一文で、龍之介が「この本の出るのを楽しみにしてゐた」と紹介している。また、小穴も「この本は、芥川さんと私がいまから三年前に計画したもの」であり、「一つの卓子のうへにひろげて　縦からも　横からも　みんなが首をつつこんで読める本がこしらへてみたかつた」と回想している。また、「三つの宝」という童話劇の題名が、この童話集の標題にもなっていることからも、「三つの宝」が龍之介にとって思いのこもった作品であることを窺わせている。

「三つの宝」は三章で構成されている。「一」は、王子が森のなかで三人の盗人にだまされる場面である。王子は、盗人たちの演技で、千里飛ぶ長靴、姿の隠れるマントル、鉄でも切れる剣という贋物の宝を手にすることになる。「二」は、「黄金の角笛」という宿屋の酒場で、宿屋の主人と二人の農夫が語りあう話を王子が聞きつける場面である。その話とは「三つの宝」を持つ「黒ん坊」の王様がその宝と引き替えに嫌がる王女をむりやり手に入れようとしているというものである。王子は、自分の持っている贋物の三つの宝を武器に王女の救出に向かう。「三」は、王城の庭で、王女を救出に来た王子と「黒ん坊」の王様が互いに持っている「三つの宝」で争う場面である。

三つの場面に共通しているのは、「黒ん坊」の王様と王子の二項対立である。まず「一」と「二」で、「黒ん坊」の王様は本物の「三つの宝」を持ち、王子は贋物の「三つの宝」を持っているという構図が示される。王様は、自身の力を誇示し、欲しいものはあらゆる手を使って手に入れようとする人物として描かれている。また、王子は盗人のいいかげんな演技に容易に騙されてしまう世間知らずな面を持つ一方で、王女の話を聞いたら即座に救出しようとする向こうみずな正義の心も持ちあわせている人物として描かれている。

こうして、まったく対照的な二人の人物として設定されたうえで、「三」では、王様が本物の「三つの宝」で王女を得ようとし、王子が贋物の「三つの宝」で王女を王様から救出しようとする場面が描かれる。その争いをきっかけにして、王様と王子が最終的に和解するという展開になっている。

つまり、この対立は、「欲」のためには手段を選ばない自己と正義のために性急に事を起こそうとする自己という二つの面を示している。一見矛盾しているように見える対立的な性格がひとりの人間のなかに存在していることに作者の目は向けられている。つまり、矛盾した自己像が単一の身体に併存する様相に人格の統一した状況を見るという点では、これまで見てきた龍之介の童話の類型である、自己分裂と統合の物語として読むことができるのである。

自己の対立的な面を本物と贋物の「三つの宝」を持つ王様と王子に象徴させ、その二人が争った結果、「三つの宝」の「無力」をともに自覚して互いの行為を反省し和解することで、自己の統合を描こうとする姿勢を読みとることができるのである。その意味で「王子と王女の〈愛と勇気〉〈真心〉が三つの宝（超能力）を無化していく過程が作品の主軸」とする酒井英行の読みは納得がいく。[*34]

ところで、王様が超能力の「三つの宝」を使って王女を得ようとするのは、龍之介が童話でたびたび描いてきた魔法を「慾」の道具にするというものにほかならない。王子が贋物の「三つの宝」を使って王女を救出しようとすることも、宿屋の酒場で主人や農夫が「魔法でも知つてゐれば」と繰り返し語るのも同様である。また、王子が超能力ではないものをあたかも超能力であるかのように信じこみ、王女を救出しようとする考え方も、超能力を何らかのかたちで活用しようとする点では同じである。

自己とは何かという問い

作者は、超能力に依存する人格を表現しながら自己以外の何ものかに支配されていく自己とは何かという問いを内在させている。物語は、その問いを伏線にしながら展開し、「三」でこの問いを浮上させる。鍵になるのは、王様の「あなたはわたしに勝つた。わたしはわたし自身に勝つたのです」という言葉である。

王様と王子は、「三つの宝」のうちのひとつである剣で勝負する。しかし、本物を持った王様が勝つことは道理である。王子の剣を切ってしまった王様は、勝負に負けてしまったのにまだ挑もうとする王子を見て、「もう勝負などはしないでも好い」「勝つたのはあなただ」と言う。王様は、その理由として「わたしはあなたを殺した所が、王女には愈愈憎まれるだけだ」と語り、超能力の保持は王女の前では無力であることを悟る。

そして、王様は「わたしには三つの宝があれば、王女も貰へると思つてゐた」と言い、王子は「わたしも三つの宝があれば、王女を助けられると思つてゐた」と認め、「我々は二人とも間違つてゐたのだ」「さあ、綺麗に仲直りしませう」と言うのである。

「あなたはわたしに勝つた」というのは、王子は贋物の「三つの宝」で本物の「三つの宝」を持つ王様に勝ったということである。つまり、この発言は所有するものの違いが本来の自己のすがたではないことを示している。「わたしはわたし自身に勝つた」というのは、超能力を使って「慾」を得ようとしたが、それは自己本来の持つ力の表明ではないことを示している。

つまり、自己の内面にある力が自己を支配するということになる。この自己の内面にある力とは、王様の場合は、「三つの宝」のような超能力に依存しない生き方を模索する自己決定力のことである。王子の場合は、「三つの宝」のような超能力に魅惑される性向を否定し、人間として生きるにふさわしい愛の力を自身のうちに育てることである。

こうして、この物語は、王様が超能力を使い、王子が超能力と信じてきたものを使った瞬間に、自己本来のすがたとは何かという問いが浮上し、その問いに答えるかたちで、自己を決定する内実が語られるという構図を持っていたのである。超能力を使おうとした瞬間に自己のすがたが露呈するというのも、龍之介の童話の類型である。

龍之介は、自己はその所有するものや信じるものによって成立するものではなく、その奥にあるものこそが自己を決定する内実であるという考え方を示しているのである。その自己の奥にある自己決定のあり方をめぐって、最終場面で「(見物に向ひながら)」とト書きして、王子に次のように発言させる。

皆さん！　我我三人は目がさめました。悪魔のやうな黒ん坊の王や、三つの宝を持つてゐる王子は、御伽噺にあるだけなのです。我我はもう目がさめた以上、御伽噺の中の国には、住んでゐる訳には行きません。我我の前には霧の奥から、もつと広い世界が浮んで来ます。我我は薔薇と噴水との世界から、一しよにその世界へ出て行きませう。もつと広い世界！　もつと醜い、もつと美しい、――もつと大きい御伽噺の世界！　その世界に我我を待つてゐるものは、苦しみか又は楽しみか、我我は何も知りません。唯我我はその世界へ、勇ましい一隊の兵卒のやうに、進んで行く事を知つてゐるだけです。

「悪魔のやうな黒ん坊の王や、三つの宝を持つてゐる王子は、御伽噺にあるだけ」というのは、実際の人生は御伽噺に出てくるような夢や幻ではないことを強調した言い方である。「我我はもう目がさめた以上、御伽噺の中の国には、住んでゐる訳には行きません」は、自分の生活や行動を決していくのは自分自身であるということに気づいたので、自分自身が決めて行動しようと言っているのである。

そして、「霧の奥から、もつと広い世界が浮んで来ます。我我は薔薇と噴水との世界から、一しよにその世界へ出て行きませう」と、自分自身が行動すれば、霧のような見通しの悪い世界、「御伽噺」のような実際にはありえない世界から、自分の人生を展望できる世界へ行くことができるので、いっしょに行こうと呼びかけている。そうすることで、「もつと広い世界！　もつと醜い、もつと美しい、――もつと大きい御伽噺の世界」に出られることを示している。

その「もつと大きい御伽噺の世界」は、醜く、美しい世界であるとする。実際の人生が、ときには醜いものになり、ときには美しいものになるというのは私たちの実感である。「待つてゐるものは、苦しみか又は楽しみか、我我は何も知りません」とあるのも、龍之介が『今昔物語鑑賞』などで明らかにしてきた、「娑婆苦に呻吟」する人々の喜怒哀楽のことである。

自己の〈意志〉の力

実際の人生は、「御伽噺」のような夢幻のできごとの繰り返しではなく「娑婆苦に呻吟」する人生なのであり、その人生を決定づけるのは自分自身であるというのが、龍之介が「三つの宝」で描こうとしたことである。つまり、自分の人生を決定づけるのは自己の〈意志〉であるというのである。

このように見てくると、龍之介が「三つの宝」で描こうとしているのは、「霧の奥」の不可視なものから視界の広がった自己を決定する〈意志〉の力であるということがわかる。「一しよに出て行きませう」「勇ましい一隊の兵卒のやうに」という表現が、〈意志〉の力をふまえたものであることは明らかである。

こうして、王様と王子との二項対立を描くことで、その対立が和解し統合していく様相に人格の分裂と統合のありようを示しているのである。

したがって、物語の全体を自己の分裂と統合の物語として読むと、自己のなかに複数の自己を見るのは自然発生的な現象ではなく、自己の〈意志〉の力によって行われることの意味を探ろうとしていると考えられる。つまりそうした分裂と統合を決定づける自己の〈意志〉、言い換えれば霧の奥にある捉えどころのない自己を開くための〈意志〉の力に龍之介の思いは向いていたと考えることができるのである。

また、王子の発言の最後にある「御伽噺」の一語に注目すると、従来の王や王子の住む、自己とは何かを問うことのない「薔薇と噴水の世界」を描いた御伽噺の世界から、我々人間が抱えている、いったい自己というのが何ものであり、自己決定がどのようになされるのかということを問う「もつと大きい御伽噺の世界」が必要だということになる。だから、「娑婆苦の為に呻吟」する人々にとって、その問いはときには楽しくときには苦しいものになることを予見して、「我我を待つてゐるものは、苦しみか又は楽しみか」わからないということになるのである。

「三つの宝」もまた、これまでの童話のように自己の分裂と統合の物語の類型を持ちながら、さらに自己の深淵に迫ろうと、分裂や統合を繰り返す自己の〈意志〉の力に言及した点において、童話としてのひとつの頂点を極めることになったのである。

6

「白」――白い〈わたし〉と黒い〈わたし〉の物語

内面の自己と身体性との不一致

「白」は、龍之介の童話のなかではもっとも小説に近い表現をとっている。童話集『三つの宝』の冒頭に置かれており、巻末収録の「三つの宝」とともに龍之介にとって位置づけの高い作品であることを示している。「白」は、これまで罪を問題にした他の龍之介作品との関わりで読まれることが多く、総じて高い評価が与えられてきた。たとえば、「苦悩に直面することによってつぐなわれるという凡人の誠実さに対する救い」[*35]、「はじめて、罰せられたエゴイズムを救済した」[*36]、「芥川の罪意識と救済のイメージ」[*37]など、罪と救済の物語として読まれてきた。また、このほか「一種の「復活」」[*38]という見解も、これらの評価の延長線上に位置づいている。本書では、こうした一連の評価も念頭に置きながら、龍之介が童話の世界で描きつづけた自己の分裂と統合の物語の、いわば「集大成」の意味を持つ作品であることを明らかにしていきたい。

「白」は、「土を嗅ぎ嗅ぎ、静かな往来を歩いてゐ」た「白と云ふ犬」が、ふとある横町を曲がったところから始まる。そこで、白は隣りで飼われている仲よしの犬の黒犬、「黒君」が犬殺しの男に襲われそうになっているのを目撃する。しかし、臆病になって、その場を逃げ去り、黒君を見捨ててしまう。そして、喘ぎ喘ぎ主人の家に逃げ帰り、ことの次第を主人のお嬢さんと坊ちゃんに語りかける。ところが、二人は白を相手にしないばかりか、逆に

「何処の犬でせう」「こいつも体中まつ黒」と言われ、主人の家から追い出される。そこで、白は初めて自分の身体がまっ黒になったことを知る。大好きな黒君を見殺しにした白は、いつの間にか体中まっ黒な犬に変わっていたのである。つまり、白という自己は、もともと白という身体にいたのだが、黒君を見捨てたのを契機に黒という身体にいることになってしまったのである。白は「お嬢さん！ 坊ちゃん！ わたしはあの白なのですよ、いくらまつ黒になつてゐても、やつぱりあの白なのですよ」と訴えるが、その声は「何とも云はれぬ悲しさと怒りとに震へてゐ」た。同じ自己でありながら、外見によって同じ自己と見なされない現実に「悲しさと怒り」を持ったのである。

酒井英行は、このことから「黒色への偏見と〈元の自己〉への愛着とで自己完結してしまい、心の扉を他者に向けて開かない」と「白」の限界を見ようとする。[*39] しかし、黒と白との対比的なイメージから「偏見」までをも読もうとするのはやや無理があろう。描かれた白の苦悩は、内面の自己と身体性との不一致を根拠にしており、黒色になったこと自体への言及あるいはそれを想起させる描写は本文中にはないからである。ここでの眼目は、黒君を見捨てたことへの気づきがないまま内面の自己と身体性との不一致に「悲しさと怒り」を覚える白の苦悩の展開である。

「義犬」という外側からの評価

「白」は内面の自己と外面的な身体性を問題にしながら展開される。犬の白は、理髪店の鏡、往来の水たまり、黒塗りの自動車の車体に映る自分のすがたが映し出されるたびに自分がまっ黒になったことを気づかされる。白は、周囲の現実が〈鏡〉の機能として黒い身体を映し出すことで、ますます内面の自己への拘泥を示していく。そして、白は「唯夢のやうに」路ばたへ出たところで、再び犬の助けを求める声を聞く。しかし、前の黒君の時のように逃げ出さず、子どもたちに襲われている茶色の仔犬を助けてやる。そこから、白の「義犬」の物語が始まる。

「義犬」の物語は、新聞各紙が伝える報道として語られる。記事では、列車に轢死しかけた幼児、大蛇に襲われた猫、大火で焼死しかけた名古屋市長の愛児を救出し、山で遭難した第一高等学校の生徒を道案内し、動物園から逃亡した狼を退治するなど、白の活躍が次々と報じられていく。しかし、この「義犬」という評価は、いわば外側からの評価に過ぎない。新聞各紙の記事は、犬の活躍は伝えるが、犬が救出劇を演じる動機など内面的なことは何も伝えない。黒い身体を持つにいたった白の内面的な苦悩は、新聞の読者にまったくわからないのである。

さらに、生と死をかけた攻防をめぐる犬の行為は、「姿を隠した」「神明の加護」という表現で神秘のベールに包まれている。犬の動機や活躍後の心理面での変化など、犬の内面に迫る論評は加えられない。不思議なことがそのまま不思議なこととして処理されるにすぎないのである。

ここには、客観的な装いのもとに書かれた新聞の、事柄の表面しか扱わないことに対する皮肉もある。その事柄の内部にある、自己との葛藤にまで記者の筆が及ばず、不思議な話として幕引きするメディアの報道姿勢に対する龍之介の批判が感じられるのである。

自己の同一性の回復

さて、白は「義犬」として活躍したものの、実際のところは心身ともに疲れ果てて主人の家に帰ってきた。そこで、白はお月様に向かって「独り語」をする。黒色の身体となった白という犬の内面が「独り語」というかたちで描かれるのである。白には「臆病を恥ぢる気が起」り、「黒いのがいやさに」、「この黒いわたしを殺したさに」、「義犬」と評価されるような行為に及んだが、「不思議にもわたしの命はどんな強敵にも奪はれ」なく、死ぬこともないことを独白する。そして、「とうとう苦しさの余り、自殺をしやうと決心しました」と言い、最後のお別れとして帰ってきたのだと告げる。

白は、内面の自己と身体が不一致となったことへの苦悩から、自殺をして黒い身体を消し去ろうとしたのである。しかし、身体の消去という方法では、黒い身体のまま消去されるに過ぎず、黒い自己の認識を消去することにはならない。逆に身体の死によって内面の自己である白の意識まで消去してしまうことに気づき、自己の生の原点であるお嬢さんたちの家へと戻ったのであった。自己の生の原点に回帰したのである。そして、なつかしい家で転機を迎える。内面の自己と身体性との不一致にうろたえ生を途絶しようとする自己の弱さを率直に認めるにいたったのである。

白がお月様に向かって「独り語」をした翌日、白を見たお嬢さんと坊ちゃんが「不思議さうに顔を見合せて」、「白が又帰つて来ました」と言う。お嬢さんの黒い瞳には「白い犬が一匹坐つてゐる」のである。しかも、そのすがたは「清らかに、ほつそりと」していた。白の身体が黒色から白色に戻っていたのである。白は、「唯恍惚とこの犬の姿に見入」る。白い〈わたし〉は、白という身体を客観的に凝視しているのである。白い〈わたし〉は、内面の白い〈わたし〉と外面の白い〈わたし〉という自己の同一性を回復することになったのである。

越智良二は、この白の「独り語」に「自我を放棄した無私性」を読み、「白は、勇気ある強者になることによってではなく寧ろ弱者になることによって、何時の間にか其れを成し遂げたのだと言ってもよい」と評している。[*40] 黒の身体にすむ白という自己は、この「独り語」を契機に再び、白という身体にすむことになる。つまり、黒い〈わたし〉から白い〈わたし〉へと大きく転換するのである。

ところで、お月様とは何なのだろうか。お月様は、白の「独り語」をただじっと聞く存在であり、これまでの白の行動をずっと見守ってきた存在である。

また、何も変わってはいない点では、お嬢さんや坊ちゃんもお月様と同様である。お月様もお嬢さんや坊ちゃんも、白い〈わたし〉が黒い〈わたし〉になり、再び白い〈わたし〉になったという事実を確認する〈鏡〉である。

こうした不動の存在を置くことで、変わったのは、他でもない、白い〈わたし〉のなかの白い〈わたし〉という自己の見方だけだったのであることが明瞭になる。臆病を恥じる気のある自己に気づき、臆病な自己と闘う苦しさに自殺しようとした白い〈わたし〉が、その苦しさも本望であると悟った白い〈わたし〉が変わったのである。内面の自己と身体性との不一致にばかり目を向けていた白が、自己の持つ弱点に気づき、それを率直に認めることで、白い〈わたし〉を新しく再生したのである。お月様はその証人となったのである。

すでに見たように「杜子春」でも月が描かれた。洛陽の門の下でぼんやり佇む杜子春の頭上には細く白い三日月が浮かんでいたのである。杜子春は、人生の選択に悩んでいたし、「白」の場合も、擬人化された犬の白が自己同一性の悩みを抱え自殺まで考えたわけである。月は、これら「娑婆苦に呻吟」する人々の人生をじっと見守る存在として表象されている。動かずにじっと見守ることの人生上の意義を表現していると言ってよい。

このように「白」は、黒い〈わたし〉に変わった白い〈わたし〉が、確かな生のありかを持ったもうひとりの白い〈わたし〉と出会った物語であった。龍之介が童話の世界で描いてきた自己の分裂と統合の物語は、「白」にいたって内面的な自己と身体性という問題を新たに付加したのである。

尚、比較文学の領域から大島真木が、芥川蔵書中のアンデルセンのFairy Tales所収The Ugly Ducklingに龍之介自身の線引きがあることに注目し「絶望の極致から歓喜の絶頂への劇的な転換の描写」がアンデルセンに学んだものであることを論じている点は、龍之介童話の成立とその本質を考察するうえで示唆に富んでいる。*41

三――ドッペルゲンゲルの軌跡と童話の神秘

生涯にわたる関心

芥川龍之介は彼の童話で自己の分裂と統合、もうひとりの〈わたし〉と出会う物語を描いたことを述べてきた。それぞれの童話で描かれたものは、宗教世界、変身や怪異、超自然現象や催眠現象、自己の内面と身体性の問題など多様であったが、どの童話も自己像幻視（ドッペルゲンゲル）に通じていく自己の分裂と統合の物語を内在させていたのである。

第一章で見たように、龍之介のドッペルゲンゲルへの関心は、すでに『椒図志異』にその萌芽が認められ、しだいに関心の度を深めていったものであった。彼の二十歳（推定）の書簡にも、その関心のありようが明瞭なかたちで表現されている。

レルモントフは「自分には魂が二つある、一は始終働いてゐるが一つは其働くのを観察し又は批評してゐる」といつた。僕も自己が二つあるやうな気がしてならない。（一九一一年推定　山本喜誉司宛）

龍之介の関心は、すぐに創作にも反映され、まず「ひよつとこ」で表現される。その後も、童話だけでなく「影」「妙な話」「馬の脚」「二つの手紙」「歯車」などの作品に繰り返し登場するのである。

また、龍之介は、彼の晩年の座談会「対談・座談　芥川龍之介氏の座談」（『芸術時代』一九二七・八・一）で、次のようなドッペルゲンゲルに関する興味ある発言をしている[*42]。

式場　ドツペル、《ママ》ゲンゲルの経験がおありですか。

芥川　あります。私の二重人格は一度は帝劇に、一度は銀座に現はれました。

八田　然し二重人格といふのは人の錯覚でせう。或はうつかりしてゐて人違ひをするのぢやないですか。

芥川　そういつて了へば一番解決がつき易いのですがね。仲々そう云ひ切れない事があるのです。或人の話で、自分の部屋へ入つたらちやんと机に向つてゐる第二の自分が立ち上つて出て行つたので、母に話したらいやな顔をしたそうです。そして間もなくその人は死んだそうです。その家は代々そうして二重人格が現はれては人が死ぬんだそうです。

式場　ドツペル、ゲンゲルは死の前兆だと云はれるので僕も出たのでひやひやしましたよ。

八田　そうですか。西洋にもあるんですか。

式場　あります。そして矢張り不吉な事とされてゐるのです。ドストエフスキーの有名な小説がありますね。

芥川　ゲエテも現はれたといつてます。自分の馬に乗つて行くのをゲエテは見たそうです。

式場　「青い塔の中のストリントベルヒ」といふ本だつたかにもストリントベルヒの二重人格の事が書いてあつたやうです。バルコニーに現はれて帽子をとつて下を通る人に挨拶したんだそうですが事実その時はストリントベルヒは机に向つてゐたそうです。

芥川　斎藤君の話だと幻覚と錯覚と区別のつかぬ事があるそうですね。

式場　時々判断に困る事があります。

芥川　錯覚など面白い現象ですね。

式場 私は錯覚の一部分を調べたのですが、子供が一番少く、次はノルマールの成人で精神病者は一番大きかつたです。頭のいゝ人や想像力の豊かな人ほど大きいと云つてゐる人があるのですがね。

芥川 そうでせうなあ。精神病者は最も進んだ人間だと云つていゝですね。（皆な暫く沈黙）

龍之介が見たという帝劇や銀座のドッペルゲンゲルは、遺稿となった「歯車」のモチーフに使われたものであろう。この座談会で龍之介が見たと語っているのは「ドッペルゲンゲル」という表現ではなく「二重人格」であり、やや微妙な言いまわしになっている。また、座談会の記録であるので、龍之介の発言が正確に記録されているとは限らないことには留意する必要がある。しかし、おそらく同じ内容を指すのは間違いなかろうし、ここでより重要なのは自分が見たと発言したことである。これまでは、文献や人の話から取材してきたドッペルゲンゲルを自分自身が見たということは、彼の創作にも厚みを加えることになる。ただ、創作する者が「自分が見た」と語る内容に創作があることもありうることであり、この言葉の真偽は保留せざるを得ない。また、後の彼の人生の展開から考えて、自己分裂に拘泥する意識状況が現出していたことは見ておく必要があろう。

いずれにせよ、神秘に彩られた童話九篇がどれも自己の分裂と統合やもうひとりの〈わたし〉と出会う物語として構想された背景には、こうした龍之介のドッペルゲンゲルに対する並々ならぬ興味と関心が働いていたのである。

注

＊1　真杉秀樹『芥川龍之介のナラトロジー』（沖積舎、一九九七年六月二〇日）など。

＊2　『両論』第二九号（一九九九年四月）、第三〇号（一九九九年八月）、第三一号（二〇〇〇年三月）、発行はすべて神戸大学発達科学部浜本純逸研究室「両輪の会」。また、『芥川龍之介新辞典』翰林書房、二〇〇三年一二月一八日）に

「魔術」「三つの宝」の作品案内、『芥川龍之介全作品事典』（勉誠出版、二〇〇〇年六月一日）に「白」の作品案内を寄せたので、参照されたい。

＊3 「蜘蛛の糸」については、全集収録の『赤い鳥』第一号掲載作品とは別に、龍之介自身の原稿が存在する（山梨県立文学館所蔵）。『赤い鳥』掲載作品には鈴木三重吉による多数の改稿がある。しかし、子ども読者に届けられた本文であり、龍之介も三重吉の改稿について、ことさら非難めいた意見を述べていない。なお、本稿で言及した先行研究は、すべて龍之介自身の原稿をもとにしている。

＊4 酒井英行『芥川龍之介　作品の迷路』有精堂出版、一九九三年七月一〇日、一一四頁。

＊5 樋口佳子「芥川龍之介「蜘蛛の糸」の「ブラブラ」を読む―道徳教材化を拒む作品の文体について―」『日本文学』第四二巻八号、日本文学協会、一九九三年八月、三九〜四〇頁。

＊6 三好行雄「〈御伽噺〉の世界で」『三好行雄著作集　第三巻　芥川龍之介論』筑摩書房、一九九三年三月一〇日、二八八頁。

＊7 勝原晴希「『蜘蛛の糸』と小川未明『赤い蝋燭と人魚』」菊地弘・田中実編『対照読解　芥川龍之介〈ことば〉の仕組み』蒼丘書林、一九九五年二月二五日、九四頁。

＊8 恩田逸夫「芥川龍之介の年少文学」（『明治大正文学研究』第一四号、一九五四年一〇月三一日）、岸規子「『魔術』小論」（『解釈』第四二巻第八号、一九九六年八月）、酒井英行「芥川龍之介の童話―『魔術』・『杜子春』など―」（『藤女子大学国文学雑誌』第四六号、一九九〇年九月）。

＊9 オトギバナシ「仙人」『サンデー毎日』第一年第一号、一九二二年四月二日。

＊10 単援朝「芥川龍之介・仙人の系譜―「仙人」「黄粱夢」「杜子春」」（『稿本近代文学』一七、筑波大学、一九九二年一一月一〇日）

＊11 山敷和男「「杜子春」論考」（『漢文学研究』九号、早稲田大学、一九六一年九月）、伊東貴之「杜子春は何処から来たか？―中国文学との比較による新しい読み」（『國文学』第四一巻第五号、一九九六年四月号）

＊12　張蕾『芥川龍之介と中国―受容と変容の軌跡―』国書刊行会、二〇〇七年四月一〇日、邱雅芬『芥川龍之介の中国―神話と現実―』花書院、二〇一〇年三月二日。

＊13　真杉秀樹『芥川龍之介のナラトロジー』（沖積舎、一九九七年六月二〇日）など。

＊14　『芥川龍之介全集』第二三巻、岩波書店、一九九八年一月二九日、四九一～四九二頁。海老井英次、石割透の「後記」には、「一九一五（大正四）年頃に執筆されたと推測される」とある。底本は『芥川龍之介資料集2』（山梨県立文学館、一九九三年一月）である。

＊15　藤田祐賢「「聊斎志異」の一側面―特に日本文学との関連において―」（『慶應義塾大学創立百年記念論文集　文学』一九五八年一一月）が、どちらも『聊斎志異』を典拠としてきたが、石割透が『芥川龍之介資料集』の「解説」で「仙人」はアナトール・フランス「聖母の軽業師」が典拠であると指摘している。成瀬哲生「大正四年七月の「仙人」―芥川龍之介と中国文学―」（『徳島大学国語国文学』第五巻、一九九二年三月三一日、二九頁）では、これらに加えて、『水滸伝』第十回、第四二回、『西遊記』第二回も典拠の一部であることを報告している。

＊16　三好行雄は「〈御伽噺〉の世界で」（『三好行雄著作集　第三巻　芥川龍之介論』筑摩書房、一九九三年三月一〇日）で、「たわむれの虚が実を呼びだすという構想」「無垢の信念が奇蹟を実現する話」と読んでいる。また、恩田逸夫は「芥川龍之介の年少文学」（『明治大正文学研究』第一四号、一九五四年一〇月三一日）で「無欲にして一途に信じ努力する一凡人には仙人に化する奇蹟も起り得る」と指摘する。

＊17　本文末尾に一九二七年二月とあるので、自死の数か月前になる。「今昔物語鑑賞」の執筆時期が四月とされているので、ほぼ同時期であるとして差し支えないと思われる。

＊18　邱雅芬『芥川龍之介の中国―神話と現実―』花書院、二〇一〇年三月二日、二八三頁。

＊19　林嵐「芥川龍之介小説『杜子春』について」（『渤海使と日本古代文学』勉誠出版、二〇〇三年一〇月一〇日）は、杜子春と老人の出会ったときの月が「細い月」、「ほそぼそと霞を破つてゐる三日月」とあることに注目して、日時が一日しか経過していないことを述べている。

＊20　影山恒男は「「杜子春」と「トロッコ」をめぐって—芥川における人間的自然の位相—」（海老井英次・宮坂覺編『作品論　芥川龍之介』双文社出版、一九九〇年一二月一二日）で、「明治期の国家的要請がいつの間にか個人の考えの中に浸透しあたかも普遍的（絶対的）価値であるかのように」受けとめられる状況に対して、杜子春の「挫折」がこうした「大衆をも巻き込んだ上昇幻想を打ち砕くという〈異議申し立て〉となっている」と指摘している。

＊21　石割透「「杜子春」」『信州白樺』第四七・四八合併号、一九八二年二月。

＊22　「僕は」『驢馬』第九号、一九二七年二月五日。副題は「誰でもわたしのやうだらうか？——ジュウル・ルナアル」。

＊23　「杜子春」における母の問題については、平岡敏夫「〈母〉を呼ぶ声—「南蛮寺」から「点鬼簿」まで—」（『芥川龍之介と現代』大修館書店、一九九五年七月二〇日）で「「母を呼ぶ声」は「杜子春」だけではなく、もっと前から発せられていたのだ、この声は実は芥川の生涯の声であったのではないか、それが作品にかたちを変えて潜流し、また顕流しているのではないか」という指摘がある。

＊24　＊18に同じ。

＊25　中村真一郎「童話」『芥川龍之介』要書房、一九五四年一〇月一〇日。

＊26　宮坂覺「「妖婆」論—芥川龍之介の幻想文学への第一章」（村松定孝編『幻想文学　伝統と近代』双文社出版、一九八九年五月一〇日）など。

＊27　＊16に同じ。

＊28　滑川道夫は「偉力はつねに人間の正しいことのためにこそ役立てるべきであることを描いている」（「芥川龍之介の児童文学」『国文学　解釈と鑑賞』第二三巻八号、一九五八年八月）と述べているが、この読みも「慾」の延長線上に教訓を見ようとするものである。

＊29　川本三郎『大正幻影』新潮社、一九九〇年一〇月一五日。川本は、「自己分裂の物語」で「アグニの神」を取りあげ、「芥川龍之介の作品には、ドッペルゲンゲルの主題とともに、催眠現象もしばしばとりあげているのに気づく」と書いている。引用は、ちくま文庫版、一三九頁。

＊30　＊28に同じ。
＊31　大高知児「芥川龍之介「アグニの神」を中心として」（『国文学　解釈と鑑賞』第四八巻一四号、至文堂、一九八三年一一月、一五二頁。大高の論は、この他「アグニの神」の表現・文体的特徴に言及した点も示唆に富むが、引用部以降、議論の中心が「正義なり勇気なりの大切さ」へと収斂していくことは再考の余地が残される。
＊32　冨田博之『日本児童演劇史』東京書籍、一九七六年八月二四日。
＊33　＊32に同じ。
＊34　酒井英行『芥川龍之介　作品の迷路』有精堂出版、一九九三年七月一〇日、一三〇頁。酒井は「『三つの宝』は龍之介童話の最高傑作であ」り、「作品世界に矛盾、亀裂も無いし、ストーリーに無理も無く、健康的で明るい作品である」と評価している。
＊35　恩田逸夫「芥川龍之介の年少文学」『明治大正文学研究』第一四号、一九五四年一〇月三一日。
＊36　＊16に同じ。
＊37　宮坂覺「芥川龍之介の罪意識―「白」「歯車」を中心として―」『罪と変容』笠間書院、一九七九年四月。
＊38　佐古純一郎『芥川龍之介の文學』朝文社、一九九一年六月一七日。
＊39　＊34に同じ。
＊40　越智良二「芥川童話の展開をめぐって」『愛媛国文と教育』第二二号、一九八九年一二月。
＊41　大島真木「芥川龍之介と児童文学」『比較文學研究』第四二号、一九八二年一一月。
＊42　末尾に「昭和二年五月廿四日夕」とある。「式場」は編輯兼発行人の式場隆三郎、「八田」は八田三喜である。「編輯後記」に「速記した訳ではなく、あとで記憶をたどつて書いた」とある。

終章　芥川龍之介童話の提示したもの

これまで、芥川龍之介が少年少女を描いた小説を童話の創作とほぼ同じ時期に書いたことを見てきた。ほぼ同時期に描かれたために、少年少女向けの小説も童話も同じモチーフで描かれており、その背景には神秘と自己像幻視への龍之介の深い関心があった。

少年少女向けの小説では、少年期の無意識が成長するにつれて意識化されるようになっていくこと、自己の意志を越えた外界に刺激され自己のうちに新たな認識が生まれてくることを作品化した。一方、童話では、自己の外界でのできごとがうまく理解できない自己とは何かという問いを出発点に、自己のなかに複数の自己が存在して、それらが外界と複合的に反応するという発想から、自己の分裂と統合、もうひとりの自分という自己像幻視の手法を創作に取りいれたのである。

また、少年少女向けの小説や童話であるから、テーマとしては少年少女にもよくわかる、人間にとって欲望とは何かという問いを立てることで、物語のへの興味を駆りたてている。しかし、誤解してならないのは、欲望とは何かという問いから、道徳的な見地で欲を持つことの問題性を指弾したものではないということである。たとえば、外界の刺激によって自己の内部に生成する欲望がなぜ自己を縛り始めるのかという問いを童話として考えてみようとしたのであり、欲を持つことは恥ずかしいことであるとか、自己の欲を優先させる人間はおろかであるとかいった議論をめざしたものではない。

「魔術」に表現されている資本主義的欲望への批判がその典型である。龍之介が童話を発表してきた一九二〇年代は、第一次世界大戦による帝国主義的領土争奪と第二次世界大戦を準備する軍備拡張の時期のあいだであった。戦争が「欲望」の最も醜い形態であることは明らかであり、時代としての背景が戦争の問題であったことも確認しておいてよい。

小浜逸郎は『方法としての子ども』[*1]で、「子どもとは何かを考えようとするときには、大きく分けて次の三つの方法が考えられる」と言い、第一に「現実に私たちの身のまわりにいる子どもを観察的対象として、成年者と比較する方法」、第二に「子どもという概念がどのような社会的文脈の中で用いられているかを調べて、実際の子どもが現在受けとっている社会的な規定条件によって子どものイメージを作ること」をあげたうえで、第三の方法を次のように述べている。

自分が子どもであったころの心的衝撃や不安の体験といったものをできるだけ記憶の中に呼び起こし（あるいは、子ども期を扱った文学作品などの中に定着された記録を資料として）、それらが現在は大人としてふるまっている自分とどういう落差を開いているかを追究するところから、子どものイメージをくみ立てようとする方法である。

鈴木三重吉から『赤い鳥』に童話を掲載するように依頼された龍之介は、子どもの心性を理解するために、小浜の言う第三の方法に近い手法を採った。この手法によれば、「大人としてふるまっている自分とどういう落差を開いているかを追及する」ことは、逆に言えば、大人としてふるまっている自分とどういう共通点があるかということでもある。龍之介は、こうした立場で、大人の小説の分野では、少年少女期の無意識を意識的に再構成する手法で少年少女を描いたが、この少年少女の無意識を探ることで、不可解な現実をうまく自分のなかで納得できない人間のありようを問題にしたのである。そして、童話の分野では、そうした人間のありようを探る手法として、自己の分裂と統合、もうひとりの〈わたし〉に出会う物語、つまり自己像幻視（ドッペルゲンゲル）の物語を童話として描くことになった。

彼の童話は、少年少女を読者対象として欲や善悪の問題など人間的な価値のあり方を描く一方で、不可解な現実をうまく了解できないでいる自己とは何かという問いを伏在させた。童話のなかで、その問いが読者に違和感なく理解されるために、彼が幼少期から関心を持ちつづけた数々の怪異や神秘、創作当時に社会的に流行していた神秘現象を取りいれたのである。

読者である子どもたちは、人間的な価値の問題や神秘的な内容にひかれて龍之介の童話を読みついできた。すでに序章の補論で述べたように、子どもの読書感想文がそのことをよく示している。龍之介は自分の童話では人間的な価値の問題や神秘的な内容が読まれることを想定しながら、その一方で、不可解な現実をうまく自分のなかで納得できない自己とは何かを子どもたちとともに考えてみたいと思っていた。自己のありようを問うことでお伽噺の世界を抜け出て新しい童話の世界を創りあげたのである。

自己を問うということは、龍之介自身が前向きに美しく生きることを目指していたからである。芥川の童話のなかでは、「白」が自己を問うことの意味を典型的に表現している。自分らしさを見失い、〈わたし〉を追い求めた「白」が最後にたどり着いた結論は、表面的な自己のすがたが他者の目にどう映るかに心を奪われたあまり、自分のこれまでの生き方に嘘や偽りを生じさせてしまったのを認めるということであった。そのことを自己認識したとき、「白」は自分らしさを回復して、新しい自分―「清らかに、ほっそりと」した自分を発見したのである。

二〇世紀初めの童話の多くが、お伽噺の色調を残して説話的な内容であったときに、龍之介は、その対象である子どもたちに「自己とは何か」という近代日本が抱えこんだ問題をともに考えることを求めた。さきの戦争の問題と重なるが、「自己とは何か」という問いの根底には近代合理主義への疑義があった。欲望も善悪の問題も自己の内部に発生し、他者との確執を生む原因を作り出す。第一次世界大戦の領土争奪を目撃した龍之介は、その主因である近代合理主義へ疑いの目を向けたのである。

近代合理主義が明瞭にかたちとなって表われるものに依存することに気づいた龍之介は、目に見えないもの、かたちとなってこないものを、文学として表現しようとしてきた。「今昔物語」に関心を示し「娑婆苦の為に呻吟」する人々を描きつづけたのも、見えない人々の心を表現するためであった。

彼は、そのために、幼少年期から親しんできた怪異や、意識的な創作方法を模索して、分身や変身の物語、自己の分裂と統合の物語、あるいは、もうひとりの〈わたし〉と出会う物語を構想したのであった。龍之介には、民衆を愛し、子どもたちに親しみを持ってきた思いがあったからこそ、童話を理由に手を抜くことなく、全力を傾注して神秘と自己像幻視の物語を創作したのである。

芥川龍之介の童話の世界。それは、人々の「娑婆苦の為に呻吟」するすがたを見つめつづけたひとりの作家が、神秘の翼をつけて、ときには誇らしく、ときには清らかに飛翔を続けた文学空間であった。

注

＊1　小浜逸郎『方法としての子ども』大和書房、一九八七年七月一〇日。引用は、ちくま学芸文庫版（一一三頁）によった。

主要参考文献

◉事典・辞典・年表・全集・叢書
鈴木三重吉創刊『赤い鳥』『赤い鳥』社（のち赤い鳥社）、一九一八年七月一日〜一九三六年一〇月一日、復刻版『赤い鳥』日本近代文学館、一九七九年二月一〇日
日本近代文学館編『日本近代文学大事典』講談社、一九七七年一一月一八日
大正出版編『新聞集録大正史』第五巻、大正出版、一九七八年六月二〇日
岩波書店編集部編『近代日本総合年表　第二版』一九八四年五月二五日
市古貞次ほか編『日本文化総合年表』岩波書店、一九九〇年三月八日
関口安義・庄司達也編『芥川龍之介全作品事典』勉誠出版、二〇〇〇年六月一日
関口安義編『芥川龍之介新辞典』翰林書房、二〇〇三年一二月一八日
全国学校図書館協議会編『考える読書　第五八回青少年読書感想文全国コンクール入賞作品』毎日新聞社、二〇一三年四月二五日

◉紀要・雑誌特集
『幻想文学』第二四号、幻想文学会出版局、一九八八年一〇月二五日
『芥川龍之介』第3号、洋々社、一九九四年二月二一日
『図書』第五五六号、岩波書店、一九九五年一〇月一日
関口安義ほか編『芥川龍之介研究年誌』創刊号、芥川龍之介研究年誌の会、二〇〇七年三月三〇日
関口安義ほか編『芥川龍之介研究年誌』第二号、芥川龍之介研究年誌の会、二〇〇八年三月三〇日
関口安義編『生誕120年　芥川龍之介』翰林書房、二〇一二年一二月一日

◉研究書・研究論文

坊城俊民「芥川龍之介小論」第十章「龍之介文学の持つ鬼気に就て」井本農一編『日本文学の諸相』成武堂、一九四二年八月三〇日
吉田精一『芥川龍之介』三省堂、一九四二年一二月二〇日
恒藤　恭『旧友芥川龍之介』朝日新聞社、一九四九年八月一〇日
恩田逸夫「芥川龍之介の年少文学」『明治大正文学研究』第一四号　一九五四年一〇月三一日
中村真一郎『芥川龍之介』要書房、一九五四年一〇月一〇日
木俣　修『白秋研究Ⅱ―白秋とその周辺―』新典書房、一九五五年四月一日
古田足日『現代児童文学論』くろしお出版、一九五九年九月一一日
日本児童文学学会編『赤い鳥研究』小峰書店、一九六五年四月一五日
菅　忠道『日本の児童文学1総論』増補改訂版、大月書店、一九六六年五月一四日
駒尺喜美『芥川龍之介の世界』法政大学出版局、一九六七年四月五日
石井桃子ほか『子どもと文学』福音館書店、一九六七年五月一日
滑川道夫ほか編『作品による日本児童文学史』第一巻、牧書店、一九七三年一月一〇日（第二版）
尾崎瑞恵「芥川龍之介の童話」『文学』第三八巻第二八号、岩波書店、一九七〇年六月
村松定孝「芥川龍之介」日本児童文学学会編『日本の童話作家』ほるぷ出版、一九七一年九月一日
加太こうじ「あそび・玩具・見せ物・その他」滑川道夫、菅忠道編『近代日本の児童文化』新評論、一九七二年四月三〇日
佐藤通雅「白秋における童心」『日本児童文学』第一九巻第三号、日本児童文学者協会、一九七三年三月一日
熊谷　孝『芸術の論理』三省堂、一九七三年五月一日
藤田圭雄「『童謡論―緑の触覚抄―』解説」『童謡論―緑の触覚抄―』財団法人日本青少年文化センター、一九七三年五月五日
横谷　輝「童話の成立とその展開過程」『日本児童文学史の展開』明治書院、一九七三年一二月一五日
与田凖一「童話論―童話の虚構をめぐって」日本児童文学学会編『児童文学の世界』ほるぷ出版、一九七四年四月一日

西本鶏介『児童文学論集　空想と真実の国』芸術生活社、一九七四年九月三〇日
村松定孝ほか編『日本児童文学研究』三弥井書店、一九七四年一〇月一日
桑原三郎『「赤い鳥」の時代―大正の児童文学―』慶應通信、一九七五年一〇月二〇日
恩田逸夫編『日本の児童文学』教育出版センター、一九七五年一二月三一日
森本　修『新考・芥川龍之介伝　改訂版』北沢図書出版、一九七七年四月一〇日
三好行雄「芥川龍之介解説」『日本児童文学大系』第十一巻、ほるぷ出版、一九七七年一一月二〇日
芳賀徹ほか編『明治大正図誌』第三巻、筑摩書房、一九七九年三月一五日
関口安義『豊島与志雄研究』笠間書院、一九七九年一〇月三一日
福田清人『児童文学・研究と創作』明治書院、一九八三年一〇月二〇日
文学教育研究者集団・熊谷孝編『芥川文学手帖』みずち書房、一九八三年一一月三〇日
菅野信賢「芥川龍之介と児童文学―「白」をめぐる考察」『児童文学研究』第一五号、日本児童文学学会、一九八四年一〇月三〇日
浜野卓也『童話にみる近代作家の原点』桜楓社、一九八四年一一月二〇日
関口安義『国語教育と読者論』明治図書出版、一九八六年二月（日付なし）
浜野卓也「芥川の小説と童話」佐藤泰正編『文学における子ども』笠間書院、一九八六年一二月一〇日
小浜逸郎『方法としての子ども』大和書房、一九八七年七月一〇日
関口安義『評伝　豊島与志雄』未来社、九八七年一一月二〇日
千葉俊二「追憶文学の季節」『白秋全集月報36』岩波書店、一九八七年一二月七日
江口　渙『晩年の芥川龍之介』落合書店、一九八八年七月一五日
関口安義『芥川龍之介　実像と虚像』洋々社、一九八八年一一月一五日
山折哲雄『神秘体験』講談社、一九八九年四月四日

宮坂　覺「「妖婆」論―芥川龍之介の幻想文学への第一章」村松定孝編『幻想文学　伝統と近代』双文社出版、一九八九年五月一〇日
松本健一『神の罠―浅野和三郎、近代知性の悲劇』新潮社、一九八九年一〇月一〇日
川本三郎『大正幻影』新潮社、一九九〇年一〇月一五日
海老井英次・宮坂覺編『作品論　芥川龍之介』双文社出版、一九九〇年一二月一二日
芥川瑠璃子『影燈籠―芥川家の人々』人文書院、一九九一年五月一〇日
鷺忠雄編『年表作家読本　芥川龍之介』河出書房新社、一九九二年六月三〇日
石割　透『〈芥川〉とよばれた藝術家―中期作品の世界』有精堂出版、一九九二年八月一〇日
南　博編『近代庶民生活誌⑲迷信・占い・心霊現象』三一書房、一九九二年一二月三一日
三好行雄『三好行雄著作集　第三巻　芥川龍之介論』筑摩書房、一九九三年三月一〇日
内田百閒『私の「漱石」と「龍之介」』筑摩書房、一九九三年八月二四日
鈴木貞美「都市大衆社会と『わたし』」中西進編『日本文学における「私」』河出書房新社、一九九三年一二月二五日
島内景二『日本文学の眺望　そのメトード』ぺりかん社、一九九四年三月三一日
小山田義文『世紀末のエロスとデーモン―芥川龍之介のその病い』河出書房新社、一九九四年四月二五日
石割　透「変装と仮面―芥川・乱歩・谷崎など」佐藤泰正編『文学における仮面』笠間書院、一九九四年七月二八日
一柳廣孝『〈こっくりさん〉と〈千里眼〉』講談社、一九九四年八月一〇日
松本寧至『越し人慕情　発見芥川龍之介』勉誠社、一九九五年一月二〇日
鈴木貞美編『大正生命主義と現代』河出書房新社、一九九五年三月三〇日
中田雅敏『芥川龍之介　文章修業』洋々社、一九九五年四月三日
荒川有史『日本の芸術論―内なる鑑賞者の視座』三省堂、一九九五年五月五日
関口安義『芥川龍之介』岩波書店、一九九五年一〇月二〇日

熊谷信子「芥川龍之介『犬と笛』論―話型形成からの物語」『芸術至上主義文芸』二一号、一九九五年一二月一〇日
鈴木貞美『「生命」で読む日本近代　大正生命主義の誕生と展開』日本放送出版協会、一九九六年二月二五日
庄司達也「芥川龍之介における「生命」」鈴木貞美編『国文学解釈と鑑賞』別冊、至文堂、一九九六年二月一〇日
村松定孝『定本　泉鏡花研究』有精堂出版、一九九六年三月一〇日
宮坂　覺「芥川龍之介全小説要覧」『國文学』第四一巻第五号、學燈社、一九九六年四月一〇日
海老井英次「ドッペルゲンガーの陥穽―精神病理学的研究の必要性」『國文学』第四一巻第五号、學燈社、一九九六年四月一〇日
浜田雄介「大衆文学の近代」『日本文学史』第一三巻、岩波書店、一九九六年六月一〇日
本田和子「児童文学の二〇世紀」『日本文学史』第一三巻、岩波書店、一九九六年六月一〇日
久保田淳『隅田川の文学』岩波書店一九九六年九月二〇日
田所　周『近代文学への思索』翰林書房、一九九六年一一月一日
横須賀薫「童心主義と児童文学」日本児童文学学会編『研究＝日本の児童文学2　児童文学の思想史・社会史』東京書籍、一九九七年四月二一日
畑中圭一『文芸としての童謡―童謡の歩みを考える―』世界思想社、一九九七年三月三一日
國本泰平『芥川龍之介の文学』和泉書院、一九九七年六月一〇日
真杉秀樹『芥川龍之介のナラトロジー』沖積舎、一九九七年六月二〇日
小浜逸郎『大人への条件』筑摩書房、一九九七年七月二〇日
関口安義『豊島与志雄と児童文学』久山社、一九九七年九月一二日
宮原浩二郎・荻野昌弘編『変身の社会学』世界思想社、一九九七年一二月一〇日
須永朝彦編著『日本幻想文学全景』新書館、一九九八年一月一五日
佐藤宗子「何が『赤い鳥』か、『赤い鳥』とは何であったか―二つの問いの交錯と「児童文学」―」『日本児童文学』第四四

巻第四号、日本児童文学者協会、一九九八年八月一日
関口安義『芥川龍之介の復活』洋々社、一九九八年一一月二八日
山折哲雄『霊と肉』講談社、一九九八年一二月一〇日
渡邉正彦『近代文学の分身像』角川書店、一九九九年二月五日
関口安義『芥川龍之介とその時代』筑摩書房、一九九九年三月二〇日
関口安義編『芥川龍之介作品論集成第5巻　蜘蛛の糸　児童文学の世界』翰林書房、一九九九年七月二八日
鈴木登美『語られた自己』岩波書店、二〇〇〇年一月二五日
関口安義『豊島与志雄と児童文学―夢と寓意の物語―』久山社、二〇〇〇年一月三一日
浅野洋ほか編『芥川龍之介を学ぶ人のために』世界思想社、二〇〇〇年三月二〇日
山敷和男『芥川龍之介の芸術論』現代思潮新社、二〇〇〇年七月五日
小室善弘『芥川龍之介の詩歌』本阿弥書店、二〇〇〇年八月二五日
中田雅敏『芥川龍之介　小説家と俳人』鼎書房、二〇〇〇年一一月三〇日
川本三郎『郊外の文学誌』新潮社、二〇〇三年二月二五日
度会好一『明治の精神異説―神経病・神経衰弱・神がかり―』岩波書店、二〇〇三年三月二六日
関口　収『芥川龍之介の小説を読む』鳥影社、二〇〇三年五月一一日
佐藤泰正編『芥川龍之介を読む』笠間書院、二〇〇三年五月三一日
田村修一『芥川龍之介　青春の軌跡―イゴイズムをはなれた愛―』晃洋書房、二〇〇三年一〇月二三日
長野嘗一『芥川龍之介と古典』勉誠出版、二〇〇四年一月一〇日
野山嘉正『改訂版　近代詩歌の歴史』放送大学教育振興会、二〇〇四年三月二〇日
木股知史編『近代日本の象徴主義』おうふう、二〇〇四年三月二五日
安藤公美『芥川龍之介　絵画・開化・都市・映画』翰林書房、二〇〇六年三月二四日

大原祐治『文学的記憶・一九四〇年前後―昭和期文学と戦争の記憶』翰林書房、二〇〇六年一一月一一日
東郷克美『佇立する芥川龍之介』双文社出版、二〇〇六年一二月九日
高橋良久『生徒の読んだ「羅生門」―新しい解釈を求めて―』渓水社、二〇〇七年三月二〇日
清水昭三『芥川龍之介の夢 「海軍機関学校」若い英語教官の日』理想社、二〇〇七年三月二八日
張蕾『芥川龍之介と中国―受容と変容の軌跡―』国書刊行会、二〇〇七年四月一〇日
ジェイ・ルービン編『芥川龍之介短編集』新潮社、二〇〇七年六月三〇日
酒井英行『芥川龍之介 作品の迷路』沖積舎、二〇〇七年九月一〇日
日比嘉高『〈自己表象〉の文学史―自分を書く小説の登場―』翰林書房、二〇〇八年一一月五日
岩佐壮四郎『日本近代文学の断面―1890―1920』彩流社、二〇〇九年一月二五日
邱雅芬『芥川龍之介の中国―神話と現実―』花書院、二〇一〇年三月二日
関口安義『芥川龍之介新論』翰林書房、二〇一二年五月一一日
宮川健郎編・芥川龍之介『魔術』岩崎書店、二〇一二年九月一〇日
安藤公美「芥川龍之介「追憶」の背景―岸田國士・ルナアル・写真服」『芥川龍之介研究』第5、6合併号、国際芥川龍之介学会、二〇一二年九月三〇日
千葉俊二『物語のモラル―谷崎潤一郎・寺田寅彦など―』青蛙房、二〇一二年一一月三〇日
ドミニク・パルメ著・畑中圭一訳「童謡詩人 北原白秋」『童謡詩人研究Ⅶ』特集号、二〇一三年一月三一日

付表1　芥川龍之介全小説・童話とその時代

年	年齢	芥川全小説・童話一覧	芥川関連事項・随筆等	社会・文壇の動き　＊他作家の作品
一八九二（明治25）	0		3　出生	＊アンデルセン『即興詩人』（森鷗外訳）
一九〇〇（明治33）	8			＊泉鏡花「高野聖」 押川春浪「海底軍艦」
一九〇二（明治35）	10		「水滸伝」、鏡花など愛読 回覧雑誌『日の出界』始める	
一九〇六（明治39）	14		4頃　回覧雑誌『流星』始める	9　日露講和条約 ＊島崎藤村「破戒」 夏目漱石「坊っちゃん」 鈴木三重吉「千鳥」
一九〇七（明治40）	15		4　「廿年後の戦争」 5　「絶島之怪事」	
一九〇八（明治41）	16			＊夏目漱石「夢十夜」「三四郎」
一九〇九（明治42）	17			10　伊藤博文暗殺 ＊夏目漱石「それから」 森鷗外「ヰタ・セクスアリス」
一九一〇（明治43）	18		2　「義仲論」（学友会雑誌） 3　東京府立三中卒業 9　第一高等学校入学	4　『白樺』創刊 5　大逆事件 8　韓国併合 ＊夏目漱石「門」 島崎藤村「家」

年	年齢	芥川全小説一覧	芥川関連事項・随筆等	社会・文壇の動き　＊他作家の作品
				泉鏡花「歌行燈」 小川未明「赤い船」 鈴木三重吉「小鳥の巣」 石川啄木「一握の砂」
一九一一（明治44）	19			2　蘆花「謀叛論」講演（一高） 10　辛亥革命 10　立川文庫刊行開始 ＊森鷗外「妄想」「百物語」 有島武郎「或る女」
一九一二（明治45・大正元）	20		夏　『椒図志異』を編纂 「槍ヶ岳に登つた記」 「日光小品」	1　中華民国成立 12　護憲運動開始 12　第1次バルカン戦争 ＊石川啄木「悲しき玩具」 夏目漱石「行人」 島崎藤村「千曲川のスケッチ」
一九一三（大正2）	21		7　一高卒業 9　東京帝大入学	2　桂内閣総辞職 2　『愛子叢書』刊行開始 ＊森鷗外「分身」 島崎藤村「眼鏡」 中勘助「銀の匙」
一九一四（大正3）	22	5　老年（第三次新思潮） 9　青年と死と（新思潮）	2　第三次『新思潮』創刊 翻訳「バルタザアル」（新思潮） 4　「大川の水」（心の花）	4　『子供之友』創刊 7　第一次世界大戦 11　『少年倶楽部』創刊

年	作品	事項	社会
		6 翻訳「春の心臓」（新思潮）	＊夏目漱石「こゝろ」「私の個人主義」
一九一五（大正4） 23	4 ひよつとこ（帝国文学） 11 羅生門（帝国文学）	2 吉田弥生との結婚断念 8「松江印象記」（松陽新報） 12 木曜会出席　漱石門下に **仙人**（詩、未定稿）	1 日本、中華民国に21か条要求 ＊森鷗外「山椒太夫」
一九一六（大正5） 24	2 鼻（第四次新思潮） 4 孤独地獄（新思潮） 5 父（新思潮） 虱（希望） 6 酒虫（新思潮） 8 **仙人**（新思潮） 野呂松人形（人文） 9 芋粥（新小説） 猿（新思潮） 創作（新思潮） 10 手巾（中央公論） 11 煙管（新小説） 煙草と悪魔（新思潮）	2 第四次『新思潮』創刊 7 東京帝大卒業（卒論「Young Morris」） 12 海軍機関学校嘱託教授	1 大正デモクラシー始まる 1『良友』創刊 3 東京市電値上 市民反対大会 5 職工組合期成同盟会設立 9 工場法施行 10 憲政会結成 12 夏目漱石死去 ＊夏目漱石「明暗」 吉屋信子「花物語」 宮本百合子「貧しき人々の群」 倉田百三「出家とその弟子」
一九一七（大正6） 25	1 MENSURA ZOILI（新思潮） 尾形了斎覚え書（新潮） 運（文章世界） 道祖問答（大阪朝日新聞） 3 忠義（黒潮）	2「新春文壇の印象」（新潮） 3「葬儀記」（新思潮） 5『羅生門』出版記念会 5「羅生門の後に」（時事新報）	忍術、妖怪変化、活劇もの大流行 3 ロシア2月革命 4 沢柳政太郎、成城小学校設立

年 年齢	芥川全小説一覧	芥川関連事項・随筆等	社会・文壇の動き ＊他作家の作品
	3 貉（読売新聞） 4 偸盗（中央公論） 6 さまよへる猶太人（新潮） 8 産屋（鐘） 9 二つの手紙（黒潮） 或日の大石内蔵之助（中央公論） 10 蛙（帝国文学） 女体（帝国文学） 片恋（文章世界） 黄粱夢（中央文学） 戯作三昧（大阪毎日新聞）	7 「私と創作」（文章世界）	6 三菱造船スト 7 富士ガス紡績スト 9 孫文、広東に新政府樹立 11 ソビエト政権成立（ロシア11月革命） ＊志賀直哉「和解」「城崎にて」 有島武郎「カインの末裔」 谷崎潤一郎「ハッサン・カンの妖術」「魔術師」 島崎藤村「幼きものに」 鈴木三重吉『世界童話集』
一九一八（大正7） 26	1 首が落ちた話（新潮） 西郷隆盛（新小説） 英雄の器（人文） 2 南瓜（読売新聞） 世之助の話（新小説） 4 袈裟と盛遠（中央公論） 5 地獄変（大阪毎日新聞） 6 悪魔（青年文壇） 7 ●蜘蛛の糸（赤い鳥） 開化の殺人（中央公論） 9 奉教人の死（三田文学）	1 「昔」（東京日日新聞）「文学好きの家庭から」（文章倶楽部） 2 塚本文と結婚 3 大阪毎日新聞社と社友契約 7 創作集『鼻』（春陽堂）	4 第3期国定教科書『尋常小学読本』（ハナ・ハト本）使用開始 7 鈴木三重吉『赤い鳥』創刊 7〜9 米騒動 8 シベリア出兵 10 武者小路実篤宮崎に「新しき村」 11 第1次世界大戦終結

	10 枯野抄（新小説） 邪宗門（大阪毎日新聞、東京日日新聞） 11 るしへる（雄弁）		＊有島武郎「小さき者へ」 和辻哲郎「古寺巡礼」
一九一九（大正8）27	1 毛利先生（新潮） ●犬と笛（赤い鳥） 2 開化の良人（中外） 3 きりしとほろ上人伝（新小説） 5 ○私の出遇つた事（後、蜜柑・沼地）（新潮） 龍（中央公論） 6 路上（大阪毎日新聞） 7 疑惑（中央公論） 9 じゆりあの・吉助（新小説） 妖婆（中央公論） 10 窓（東京日日新聞）	1 「あの頃の自分の事」（中央公論） 3 海軍機関学校教授を辞す 3 実父新原敏三死去 4 大阪毎日新聞社社員 11 「芸術その他」（新潮）	4 山本鼎、長野で児童自由画展 4 『おとぎの世界』創刊 4 『改造』創刊 5 『解放』創刊 中国に五・四運動 6 ベルサイユ講和条約 7 新聞印刷労働者スト（～8） 9 足尾銅山・川崎造船スト 10 『赤い鳥童謡集第一集』 11 東京市電スト 日本労働党結成 11 『金の船』創刊 ＊北原白秋「とんぼの眼玉」 小川未明「金の輪」 武者小路実篤「友情」
一九二〇（大正9）28	1 鼠小僧次郎吉（中央公論） 舞踏会（新潮） ○葱（新小説） ●魔術（赤い鳥） 尾生の信（中央文学）		1 国際連盟発足

年	年齢	芥川全小説一覧	芥川関連事項・随筆等	社会・文壇の動き　＊他作家の作品
		動物園（サンエス） 2　素戔嗚尊（大阪毎日新聞、東京日日新聞） 4　秋（中央公論） 沼（改造） 東洋の秋（改造） 5　黒衣聖母（文章倶楽部） 或敵打の話（雄弁） 女（解放） 7　南京の基督（中央公論） ●杜子春（赤い鳥） 8　○捨児（新潮） 塵労（改造） 秀吉と神と（改造） 9　影（改造） 10　お律と子等と（中央公論）	4　長男比呂志誕生 7　「槍ヶ岳紀行」（改造） 8　「愛読書の印象」（文章倶楽部） この頃から河童の絵をしきりに描く	4　『童話』創刊 5　最初のメーデー 12　堺利彦ら日本社会主義同盟結成 ＊志賀直哉「小僧の神様」 島崎藤村「ふるさと」 有島武郎「一房の葡萄」 菊池寛「真珠夫人」
一九二一（大正10）	29	1　秋山図（改造） 山鴫（中央公論） 妙な話（現代） ●アグニの神（赤い鳥） 奇怪な再会（大阪毎日新聞）	1　「近頃の幽霊」（新家庭） 3　大阪毎日新聞社の海外視察員として中国に 7　中国より帰国　神経衰弱に悩	1　『芸術自由教育』創刊 4　足尾銅山争議 7　ヒトラー、ナチス党首 10　日本労働総同盟結成 11　原敬首相暗殺 11　ワシントン軍縮会議

	4 往生絵巻（国粋） 奇遇（中央公論） 9 母（中央公論） 10 好色（改造）	まされる 8 「上海游記」（大阪毎日新聞・東京毎日新聞）	＊小川未明「赤い蝋燭と人魚」 浜田広介「椋鳥の夢」 北原白秋、『赤い鳥』で児童自由詩を提唱
一九二二（大正11） 30	1 藪の中（新潮） 俊寛（中央公論） ○将軍（改造） 神神の微笑（新小説） 2 ●三つの宝（良婦の友） 3 ○トロッコ（大観） 4 報恩記（中央公論） ●**仙人**（サンデー毎日） 5 お富の貞操（改造） 6 庭（中央公論） 8 六の宮の姫君（表現） 魚河岸（婦人公論） 9 ○おぎん（中央公論） 10 ○百合（新潮）	1 「江南游記」（大阪毎日新聞） 11 次男多加志誕生 この頃から健康悪化	1 『コドモノクニ』創刊 6 シベリア撤兵 7 有島武郎、北海道農場を小作人に無償提供 7 日本共産党創立（非合法） ＊有島武郎「宣言一つ」
一九二三（大正12） 31	3 雛（中央公論） 猿蟹合戦（婦人公論） 二人小町（サンデー毎日） 4 おしの（中央公論） 5 保吉の手帳から（改造） 8 ○子供の病気（局外） ●白（女性改造）	1 「侏儒の言葉」（文藝春秋・～14年11月）	9 関東大震災

年　年齢	芥川全小説一覧	芥川関連事項・随筆等	社会・文壇の動き　＊他作家の作品
	9　春（中央公論） 10　お時儀（女性） 12　あばばばば（中央公論）	11　「芭蕉雑記」（新潮）	＊豊島与志雄「夢の卵」「手品師」 北原白秋「童謡私観」 島崎藤村「おさなものがたり」
一九二四（大正13）　32	1　一塊の土（新潮） 糸女覚え書（中央公論） 三右衛門の罪（改造） ○伝吉の敵打ち（サンデー毎日） 2　金将軍（新小説） 4　第四の夫から（サンデー毎日） 文章（女性） 寒さ（改造） ○少年（中央公論） 5　或恋愛小説（婦人グラフ） 文放古（婦人公論） 7　桃太郎（サンデー毎日） 8　十円札（改造）	10　明日の道徳（教育研究） 11　プロレタリア文学論（秋田魁新報）	1　第2次護憲運動 6　『文芸戦線』創刊 プロレタリア文学運動 ＊北原白秋「子供の村」 泉鏡花「眉かくしの霊」 宮澤賢治「注文の多い料理店」 北原白秋「お話・日本の童謡」 宮本百合子「伸子」
一九二五（大正14）　33	1　大導寺信輔の半生（中央公論） 馬の脚（新潮） 早春（東京日日新聞） 9　海のほとり（中央公論）	1　澄江堂雑記 6　「わが俳諧修業」（俳諧文芸） 10　「文芸鑑賞講座」（文藝春秋社）	1　ラジオ放送 4　治安維持法公布 5　普通選挙法公布

年	作品	事項	社会
	尼提（文藝春秋） 死後（改造） 10 微笑（東京日日新聞）	11 『近代日本文芸読本』全5集刊行（興文社） 年末より神経衰弱、不眠症	＊千葉省三「虎ちゃんの日記」
一九二六（大正15・昭和元） 34	1 湖南の扉（中央公論） 年末の一日（新潮） 7 カルメン（文藝春秋） 9 春の夜（文藝春秋） 10 点鬼簿（改造）	不眠症が続き、睡眠薬増量 4 「追憶」（文藝春秋～昭2・2）	6 「無産者新聞」に「コドモのせかい」欄新設 12 日本労農党結成 改造社『現代日本文学全集』刊行開始 ＊宮沢賢治「オツベルと象」 葉山嘉樹「セメント樽の中の手紙」「海に生くる人々」 川端康成「伊豆の踊子」 豊島与志雄「天狗笑」
一九二七（昭和2） 35	1 彼（女性） 彼第二（新潮） 玄鶴山房（中央公論） 悠々荘（サンデー毎日） 3 河童（改造） 蜃気楼（婦人公論） 4 三つのなぜ（サンデー毎日） 誘惑（改造） 浅草公園（文藝春秋） 5 たね子の憂鬱（新潮） 6 ●**女仙**（少年少女譚海）	1 「文芸雑談」（文藝春秋） 2 「**僕は**」（驢馬） 4 「文芸的な、余りに文芸的な」（文藝春秋、～8） 「**今昔物語鑑賞**」（日本文学講座、新潮社） 7 7月24日未明　自死 7 「或旧友へ送る手記」（東京日日新聞など） 7月26日谷中斎場で葬儀、菊	4 金融恐慌 5 『日本児童文庫』『小学生全集』叢書刊行開始 6 ジュネーブ軍縮会議 6 『文芸戦線』に「小さい同志」欄新設

年	年齢	芥川全小説一覧	芥川関連事項・随筆等	社会・文壇の動き　＊他作家の作品
		6 歯車（大調和、未完） 古千屋（サンデー毎日） 7 冬と手紙と（中央公論） 三つの窓（改造） 9 闇中問答（文藝春秋） 10 或阿呆の一生（改造） 歯車（文藝春秋、全篇）	池寛ら弔辞 8 西方の人（改造） 続芭蕉雑記（文藝春秋） 9 続西方の人（改造）	＊坪田譲治「河童の話」「善太と汽車」

注　●童話　○少年少女小説　**太字**　本稿で論じた作品、評論など。

付表2　全国読書感想文コンクール受賞者一覧（芥川龍之介の童話と小説関係分）

回	年	小学校の部	県・学年	中学校の部	県・学年	高等学校の部	県・学年
1	1955	芥川竜之介の「トロッコ」を読んで	愛知6年	「羅生門」を読んで 「羅生門」を読んで 「杜子春」を読んで 「芋粥」を読んで 「蜘蛛の糸」を読んで 「鼻」を読んで 「ある日の大石内蔵之助」を読む	徳島3年 千葉2年 徳島1年 岡山1年 奈良2年 福岡3年 大阪3年	「河童」を読んで 「蜜柑」を読んで 物語「地獄変」 「芋粥」を読んで	大阪2年 長崎2年 宮崎2年 神奈川2年
2	1956	白	大阪4年	「鼻」について なつかしい「鼻」 鼻 「鼻」を読んで 「鼻」の読後感 内供の心（鼻） トロッコ 「トロッコ」を読んで 羅生門 芥川の「羅生門」を読んで 「羅生門」を読んで 「羅生門」を読んで 杜子春	岡山2年 埼玉2年 和歌山2年 青森3年 長崎3年 新潟3年 愛知1年 三重3年 静岡2年 千葉2年 兵庫2年 栃木3年 広島2年	一塊の土 蜘蛛の糸 「河童」読後感 蜘蛛の糸	山口2年 岩手2年 岐阜2年 広島2年

回	年	小学校の部	県・学年	中学校の部	県・学年	高等学校の部	県・学年
				杜子春 地獄変 「或る日の大石内蔵之助」を読んで 「芋粥」を読んで 河童 蜘蛛の糸	石川3年 福井2年 北海道2年 千葉3年 大阪3年 山梨3年		
3	1957	「くもの糸」を読んで 「くもの糸」を読んで くもの糸 蜘蛛の糸を読んで 「蜘蛛の糸」をよんで 「くもの糸」を読んで 芥川竜之介名作集「白」を読んで	宮崎4年 愛媛5年 新潟5年 富山6年 岩手6年 徳島6年 大阪5年	「鼻」を読んで 「鼻」を読んで 蜘蛛の糸 くもの糸を読んで 「トロッコ」を読んで 誠実な小娘（蜜柑） 利己主義（報恩記）	三重3年 大阪3年 東京2年 埼玉2年 栃木1年 福島2年 栃木3年	鼻 或日の大石内蔵之助 「羅生門」を読んで	静岡1年 徳島1年 大阪1年
4	1958	蜘蛛の糸を読んで クモの糸を読んで	静岡5年 岩手6年	「白と犍陀多」を読んで 「鼻」を読んで 蜘蛛の糸 「羅生門」を読んで 「羅生門」を読んで 「羅生門」を読んで 芋粥 芋粥	鳥取1年 福井1年 広島3年 山口1年 山梨2年 奈良3年 愛知2年 広島3年	「舞踏会」感想文 「鼻」について 「羅生門」の感想批評文 竜之介を読んで（歯車） 蜘蛛の糸 「蜜柑」を読んで	群馬1年 秋田1年 東京1年 愛媛2年 京都2年 岡山3年

回	年	作品	受賞者	作品	受賞者	作品	受賞者
				「地獄変」を読んで	香川2年		
				「杜子春」を読んで	長崎3年		
				「トロッコ」を読んで	愛媛3年		
5	1959	「白」を読んで	岡山6年	「鼻」を読んで	島根2年	「羅生門」を読んで	鳥取3年
				「鼻」を読んで	佐賀3年		
				「鼻」を読んで	岡山3年		
				「羅生門」を読んで	千葉1年		
				羅生門	山形2年		
				杜子春	茨城1年		
				「酒虫」を読んで	神奈川2年		
				「阿呆は人を阿呆と言う」（河童）	岡山2年		
				「尾生の信」を読んで	愛媛3年		
6	1960			「藪の中」と「地獄変」	兵庫3年		
				「蜘蛛の糸」を読んで	栃木1年		
7	1961	「くもの糸」を読んで	熊本3年	「蜘蛛の糸」に思う	大阪3年	「羅生門」を読んで	山口1年
		「蜘蛛の糸」をよんで	宮崎6年	くもの糸	秋田3年	「羅生門」を読んで	兵庫2年
		「白」を読んで	神奈川6年	「蜘蛛の糸」を読んで	熊本3年	芋粥	岐阜2年
		「鼻」を読んで	兵庫6年	鼻を書いた芥川先生へ	山口2年	一塊の土	秋田3年
				「鼻」を読んで	富山3年		
				「鼻」の読後感主人公へ	北海道3年		
				魔術	岩手3年		
				「魔術」を読んで	群馬3年		
				「羅生門」を読んで	石川1年		
				「地獄変」を読んで	茨城3年		

回	年	小学校の部	県・学年	中学校の部	県・学年	高等学校の部	県・学年
8	1962	「杜子春」を読んで 白	石川6年 秋田4年	蜘蛛の糸・魔術 「蜘蛛の糸」を読んで 「羅生門」を読んで 「羅生門」を読んで 「鼻」を読んで 「トロッコ」を読んで 「芋粥」を読んで	岐阜2年 福島1年 茨城2年 山梨3年 宮城1年 福井2年 山形3年	「地獄変」を読んで 「羅生門」を読んで 枯野抄、芥川、私	徳島1年 富山2年 広島3年
9	1963	「鼻」を読んで 杜子春を読んで	神奈川6年 東京6年	「芥川の作品」を読んで （魔術、杜子春） 「蜜柑」を読んで 地獄変	栃木2年 愛知2年 島根3年	「奉教人の死」を読んで 「羅生門」を読んで	徳島2年 北海道3年
10	1964	くもの糸 「杜子春」を読んで	熊本3年 福島6年	「杜子春」を通して芥川龍之介を思う 「杜子春」と芥川文学について 「羅生門」を読んで	奈良3年 愛媛3年 高知3年	「一塊の土」を読んで	福岡2年
11	1965			「トロッコ」を読んで 「羅生門」を読んで 「杜子春」をめぐって 鼻 「羅生門」を読んで 小説「芋粥」を読んで 「芥川龍之介」の伝記を読んで	茨城2年 栃木3年 三重1年 兵庫2年 和歌山3年 高知3年 富山2年	「羅生門」を読んで 「河童」を読んで 「鼻」と龍之介と自分	宮崎1年 福井1年 長崎3年

12	1966	「くものいと」を読んで 「杜子春」を読んで	静岡6年 新潟6年	「手巾」を読んで 「鼻」を読んで 「鼻」を読んで 「鼻」と「ひも」における人間性 「芋粥」の五位とわたし 「地獄変」を読んで 「羅生門」を読んで 「羅生門」を読んで	静岡2年 鳥取1年 山口2年 栃木3年 北海道2年 兵庫2年 山梨3年 宮城3年	「地獄変」を読んで 「偸盗」を読んで 「歯車」を読んで	長野1年 岡山1年 岐阜2年
13	1967	「くもの糸」を読んで 「蜘蛛の糸」を読んで 「白」を読んで 「鼻」を読んで	岐阜6年 山口6年 栃木6年 福島6年	芥川文学に流れるもの 「羅生門」を読んで 「藪の中」を読んで 「鼻」を読んで	香川3年 広島1年 茨城2年	「河童」	岡山3年
14	1968			「猿蟹合戦」を読んで 「羅生門」を読んで 「羅生門」を読んで 「蜘蛛の糸」を読んで 「地獄変」	東京2年 兵庫1年 茨城3年 愛媛3年 福井3年	「藪の中」に見たもの 「地獄変」を読んで	秋田2年 茨城3年
15	1969	「くもの糸」を読んで	宮崎6年	羅生門と人間 「河童」を読んで 芥川の作品に思う（羅生門・蜘蛛の糸他） 「金では買えないもの」（杜子春） 蜘蛛の糸	高知1年 石川3年 沖縄3年 新潟1年 山口2年	地獄変	佐賀1年

回	年	小学校の部	県・学年	中学校の部	県・学年	高等学校の部	県・学年
				地獄変 良秀という人間 「羅生門」を読んで	奈良3年 静岡3年 和歌山3年		
16	1970	「杜子春」 「羅生門」を読んで	熊本5年 秋田6年	杜子春の選んだ道 「地獄変」を読んで	岐阜1年 滋賀2年	「羅生門」を読んで	沖縄（琉球）1年
17	1971	「杜子春」	福井6年	「鼻」を読んで 「鼻」を読んで 「羅生門」を読んで 「河童」を読んで 「鼻」に見られるエゴイズム 人間性か芸術か—「地獄変」を読んで—	滋賀1年 青森1年 長崎3年 福岡3年 神奈川3年 山梨3年	「羅生門」を読んで 「地獄変」を読んで 「羅生門」を読んで 「河童」を読んで 「芥川龍之介集」を読んで	和歌山1年 岐阜1年 徳島1年 鹿児島2年 茨城1年
18	1972	「芥川龍之介名作集」を読んで	沖縄6年	「羅生門」を読んで 「芋粥」を読んで 「羅生門」を読んで 「地獄変」を読んで エゴイスチックな人間 「羅生門」を読んで 「羅生門」を読んで 「芥川龍之介」を読んで思う	福岡1年 静岡1年 徳島1年 岡山3年 山梨3年 愛知3年 千葉1年	「偸盗」を読んで 「羅生門」を読んで—「生きる」ということ—	和歌山1年 山梨1年

19	1973			「手巾」を読んで	福岡1年		
20	1974			禅智内供と私 「羅生門」を読んで 「羅生門」を読んで	東京2年 岡山3年 茨城3年	「羅生門」を読んで	
21	1975	「芥川龍之介集」を読んで（くもの糸） 「杜子春」を読んで 「杜子春」を読んで 「トロッコ」を読んで 「杜子春」	福岡6年 岡山5年 茨城6年 東京6年 奈良6年	「杜子春」と芥川文学について 「羅生門」	秋田2年 佐賀3年	「地獄変」―美しき刃 「羅生門」を読んで 「芋粥」	宮城1年 滋賀2年 宮崎2年
22	1976	「くもの糸」 「くもの糸」 「地獄変」の良秀 「杜子春」を読んで 「杜子春」を読んで 「杜子春」を読んで 「蜘蛛の糸」を読んで 「くもの糸」を読んで 「くもの糸」を読んで 「杜子春」を読んで	兵庫2年 福井1年 新潟5年 山梨5年 愛知6年 岡山6年 奈良6年 静岡6年 和歌山6年 埼玉6年	「鼻」を読んで 「芋粥」を読んで 「羅生門」を読んで 「羅生門」を読んで 「鼻」を読んで思う 「羅生門」を読んで	熊本2年 栃木3年 鳥取3年 京都3年 青森3年 神奈川3年		
23	1977	「杜子春」を読んで	熊本6年	私の心を開かせた「鼻」 「羅生門」を読んで 「鼻」を読んで	山口2年 奈良2年 岩手2年	「河童」を読んで 「蜘蛛の糸」を読んで 「蜜柑」を読んで	佐賀1年 和歌山1年 山梨2年

回	年	小学校の部	県・学年	中学校の部	県・学年	高等学校の部	県・学年
				「羅生門」を読んで 「地獄変」を読んで 「羅生門」を読んで	岡山3年 栃木3年 群馬3年	「侏儒の言葉」における 芥川像	富山2年
24	1978	「鼻」を読んで 「くもの糸」を読んで 杜子春に教えられる 龍之介のさけび（杜子春）	北海道5年 奈良6年 熊本6年 大分6年	「鼻」を読んで 「鼻」 「鼻」を読んで 「羅生門」を読んで	茨城1年 石川1年 埼玉2年 大阪3年	「地獄変」を読んで	山梨2年
25	1979	「鼻」を読んで 「くもの糸」を読んで くもの糸（蜘蛛の糸・歯車）	北海道6年 静岡5年 千葉6年	「羅生門」を読んで 「鼻」を読んで 「羅生門」を読んで 芥川龍之介について思うこと	奈良3年 福島1年 山口2年 佐賀3年		
26	1980	「杜子春」を読んで トロッコ	新潟6年 香川6年	「鼻」を読んで 「奉教人の死」と宗教と生きる術と	福島1年 静岡2年	おぎんに見る真の人間性 「地獄変」を読んで	山形1年 徳島2年
27	1981	「白」の生き方に思う 人間の悲しさ（くもの糸）	沖縄6年 和歌山6年	「羅生門」を読んで	沖縄2年		
28	1982	「杜子春」を読んで 「鼻」を読んで くもの糸 「杜子春」を読んで	京都6年 沖縄6年 香川6年 静岡6年	「猿」 「母」を読んで 「羅生門」を読んで 「蜘蛛の糸」を読んで	東京2年 奈良3年 山口3年 茨城3年	「羅生門」を読んで 蜘蛛の糸は何故切れた	大阪1年 山形2年

29	1983	禅智内供とぼく	秋田6年	「鼻」を読んで	茨城1年	「芋粥」を読んで	群馬2年
		「杜子春」を読んで	石川5年	「芋粥」を読んで	静岡2年		
		「芋粥」を読んで	奈良6年	「羅生門」を読んで	山梨3年		
				「蜜柑」の美しさと真実	福岡3年		
30	1984	「くもの糸」を読んで	石川6年	桃の花咲く家と人間らしく生きること	兵庫2年	「枯野抄」から感じとったこと	岐阜2年
		「鼻」を読んで	沖縄6年	「鼻」を読んで	福岡3年	龍之介繚乱―歯車・或旧友へ送る手記	福島1年
		「杜子春」を読んで	愛知6年	「鼻」と「芋粥」を読んで	宮崎1年	私と芥川龍之介（戯作三昧・侏儒の言葉）	東京2年
				「鼻」を読んで	山梨2年		
				杜子春	青森2年		
				つらなり生ずる	岐阜2年		
				「鼻」を読んで	広島3年		
				「芋粥」を読んで	東京3年		
				「羅生門」を読んで	大阪3年		
				「羅生門」と「人はなんで生きるか」	愛知3年		
				「鼻」を読んで	京都3年		
				「河童」を読んで	山口3年		
31	1985	断れた―蜘蛛の糸を読んで―	兵庫6年	「手巾」を読んで	兵庫2年	「蜜柑」を読んで	東京3年
		「鼻」―人間の本心	埼玉6年	「羅生門」を読んで	群馬2年		
				鼻	鹿児島2年		
				利己と慈悲―「蜘蛛の糸」を読んで―	山形3年		
				内供の鼻は不幸か	滋賀3年		

回	年	小学校の部	県・学年	中学校の部	県・学年	高等学校の部	県・学年
				「羅生門」を読んで 「羅生門」を読んで あわれな心とは 羅生門への案内状	石川3年 茨城3年 青森3年 島根3年		
32	1986	内供の鼻の形 鼻	福島4年 石川6年	禅智内供と私の共通点を考える 死を求め続けた芥川―「沼」 キリスト教を捨てた「おぎん」 「鼻」を読んで 「地獄変」を読んで	奈良2年 岩手3年 富山3年 鹿児島3年 山梨3年	生の為の悪の肯定（羅生門） 人間の宿命的本能―「羅生門」を読んで 「鼻」を読んで 「歯車」を読んで 蜜柑	宮崎1年 青森1年 神奈川1年 香川2年 北海道3年
33	1987	「鼻」を読んで 「くもの糸」を読んで 「杜子春」を読んで 「くもの糸」を読んで	神奈川5年 東京4年 滋賀6年 長崎6年	「羅生門」を読んで 「地獄変」を読んで 「羅生門」を読んで 六十年目の「鼻」 羅生門の下で 私のエゴイズム 「鼻」を読んで 「蜘蛛の糸」を読んで	秋田3年 滋賀2年 大分2年 大阪2年 茨城3年 岐阜3年 群馬3年 徳島3年	良秀の芸術精神に魅せられて	愛媛3年
34	1988	トロッコ 人間について考えること―「くもの糸」を読んで	奈良5年 愛知5年	鼻 羅生門 現代人への警告（蜘蛛の	東京2年 香川3年 山梨3年	「羅生門」を読んで	イギリス1年

				糸）			
				「河童」を読んで	奈良3年		
35	1989	「鼻」を読んで	秋田5年	「手巾」を読んで	島根1年		
		心の中の杜子春	富山5年	羅生門の前で	岩手2年		
		「杜子春」を読んで	熊本6年	「羅生門」を読んで	佐賀3年		
		「鼻」を読んで	群馬6年	人生の選択を考える—「羅生門」から—	茨城3年		
		くもの糸を切ったのは自分	埼玉6年				
		仙人になれなかった杜子春	茨城6年				
		「杜子春」を読んで	大阪6年				
36	1990	「トロッコ」を読んで	福井6年	生命の糸—蜘蛛の糸	徳島2年	「枯野抄」より	大阪3年
				「羅生門」を読んで	鹿児島2年		
				本当の姿を求めて—「鼻」を読んで	茨城2年		
				「鼻」を読んで	宮城2年		
				「羅生門」を読んで	新潟3年		
				「鼻」を読んで	滋賀3年		
				「鼻」を読んで	神奈川3年		
				「羅生門」を読んで	福岡3年		
				「鼻」を読んで人間の心を考える	埼玉3年		

回	年	小学校の部	県・学年	中学校の部	県・学年	高等学校の部	県・学年
37	1991	「くもの糸」を読んで 「くもの糸」を読んで 「鼻」を読んで 「杜子春」を読んで 「蜘蛛の糸」を読んで	静岡6年 岐阜5年 栃木6年 沖縄6年 大分6年	「羅生門」を読んで 「鼻」を読んで 「蜘蛛の糸」を読んで 「鼻」を読んで 生きる（羅生門） 羅生門 「鼻」を読んで	茨城2年 鳥取2年 熊本2年 宮城3年 東京3年 福島3年 群馬3年	枯野抄	和歌山1年
38	1992	「人間とは…」―「くもの糸」を読んで	長崎5年	蜘蛛の糸 心の糸（蜘蛛の糸） 「羅生門」を読んで 善と悪（羅生門） 心のふるさと―「杜子春」	三重1年 宮崎2年 山梨3年 岩手3年 愛媛3年	我執の果て―「地獄変」を読んで 「地獄変」を読んで	新潟1年 富山1年
39	1993	『だけどカンダタが好き』 「杜子春」を読んで 杜子春　トロッコ　鼻 「芥川龍之介の作品」を読んで	神奈川4年 富山6年 兵庫6年 沖縄6年	「蜘蛛の糸」を読んで 蜘蛛の糸 「地獄変」から 「鼻」を読んで	新潟3年 愛媛2年 群馬3年 奈良3年		
40	1994	「くもの糸」を読んで―人を思いやる心について― 私の鼻と巨大鼻	岩手6年 山梨6年	「蜘蛛の糸」を読んで 羅生門の境界―「羅生門」を読んで―	福岡2年 神奈川2年	「河童」を読んで読んで 「歯車」を読んで	群馬2年 東京3年

41	1995	「蜘蛛の糸」を読んで	栃木6年	「蜘蛛の糸」を読んで 「蜘蛛の糸」を読んで 断られた糸	福島1年 滋賀3年 兵庫3年	「鼻」を読んで	神奈川3年
42	1996	「鼻」を読んで	大阪6年	地獄変 「鼻」を読んで 「蜘蛛の糸」を読んで	山口2年 愛知3年 静岡3年	内供の孤独	栃木1年
43	1997	「己の醜き心と見つめ返してみよ」―くもの糸を読んで―	高知6年	芥川が伝えてくれたこと（鼻） 河童	滋賀3年 大分3年	「地獄変」を読んで 蜘蛛の糸	徳島1年 福島1年
44	1998	「鼻」を読んで 「鼻」を読んで	大阪4年 愛媛6年	「鼻」を読んで 羅生門	愛知1年 佐賀3年	語られる真実―「藪の中」を読んで	山梨2年
45	1999	「くもの糸」を読んで 「鼻」を読んで	兵庫6年 富山6年	「蜘蛛の糸」―糸は切られた 「鼻」 「芋粥」を読んで	千葉1年 富山2年 大分2年	「芋粥」を読んで	福島1年
46	2000	「芋粥」を読んで 「蜘蛛の糸」を読んで 蜘蛛の糸	和歌山6年 鳥取6年 鳥取6年	「鼻」を読んで 「蜘蛛の糸」を読んで 「羅生門」を読んで	京都2年 福岡3年 宮城3年	藪の中に隠された真実 「地獄変」を読んで 「蜜柑」を読んで 枯野抄を読んで	茨城2年 佐賀1年 岡山2年 山口3年
47	2001	「杜子春」を読んで	宮城6年	人の心の中に 犍陀多へ 「鼻」芥川龍之介を読んで 「鼻」を読んで	島根1年 青森1年 広島1年 滋賀2年	狂る狂ると歯車は回る	大阪2年

回	年	小学校の部	県・学年	中学校の部	県・学年	高等学校の部	県・学年
48	2002			善と悪の交差点を生きる―「羅生門」から 「くもの糸」にすがる人の思い 羅生門 心の中の「羅生門」 芥川龍之介様―あなたの作品を読んで 芥川龍之介の「鼻」を読んで	和歌山3年 埼玉1年 岐阜1年 千葉2年 北海道2年 長崎2年	あなたは人間が好きですか？―「鼻」を読んで	福井3年
49	2003	芥川龍之介からの挑戦状（羅生門） 「くもの糸」を読んで くもの糸を読んで	香川5年 東京4年 静岡6年	「世間」と「日常」（蜜柑） 「蜘蛛の糸を読んで」 「蜘蛛の糸」に見る人間のエゴイズム 「羅生門」を読んで 羅生門	兵庫1年 佐賀1年 福島2年 宮城2年 東京2年		
50	2004	りゅうのすけとの新たな出会い（杜子春）	香川6年	「鼻」を笑う 「羅生門」を読んで 白を読んで 「羅生門」を読んで	京都3年 和歌山3年 栃木3年 福島3年		
51	2005			私の中の羅生門 「善」と「悪」の分岐点で―羅生門 人と鼻	福島2年 宮城3年 宮城3年	トロッコの行き着くところは… 歯車を読んで	福島1年 沖縄3年

52	2006	私は『私』（鼻）	山梨5年	善と悪をつなぐ糸 「地獄変」を読んで 芥川龍之介の「鼻」を読んで	静岡1年 京都2年 石川2年	河童への挑戦	鳥取2年
53	2007	『蜘蛛の糸』を読んで考えたこと 杜子春を読んで 「蜘蛛の糸」を読んで	広島6年 高知6年 宮城6年	私が羅生門に立たされたら 「羅生門」を読んで	東京3年 佐賀3年	芥川に見る人間の二極性	福岡1年
54	2008			「羅生門」から学んだ私の選択 「鼻」を読んで	栃木3年 群馬3年		
55	2009	良く変われるチャンス＝（イコール）試される時〜「くもの糸」と「杜子春」を読んで〜	青森6年	生きること（羅生門） 羅生門 「善」と「悪」を抱えて	大分3年 神奈川3年 新潟3年	「枯野抄」を読んで	山口2年
56	2010	人間の弱さ、そして強さ 思いやり（蜘蛛の糸）	奈良5年 福岡5年	羅生門 僕だけの鼻	岐阜2年 愛媛2年	自分自身を受け入れることの大切さ（鼻） 蜜柑の愛	徳島3年 福岡1年
57	2011			私の羅生門	大分3年	「地獄」に在る芸術	大阪2年

58	2012			芥川龍之介様―十五の私からの手紙―（蜘蛛の糸　鼻　羅生門）	愛知3年		

＊毎年度の全国学校図書館協議会編青少年読書感想文全国コンクール入選作品集をもとに作成した。
＊空白は該当作がないことを示している。

初出一覧

本書の多くは、神戸大学大学院発達科学研究科に提出した修士論文「芥川龍之介の童話─神秘と自己像幻視の物語」がもとになっている。しかし、改稿を重ねたため、その原形はほとんど失われている。以下に掲げるのは、本書の初出と認められる原著論文であるが、本書刊行にあたり、さらに推敲した結果、初出本文と大きく相違しているものがあることをお断りする。

「芥川龍之介の童話（一）─神秘と自己像幻視の物語」
『両論』第二九号、神戸大学発達科学部浜本純逸研究室「両輪の会」、一九九九年四月五日

「芥川龍之介の童話（二）─神秘と自己像幻視の物語」
『両論』第三〇号、神戸大学発達科学部浜本純逸研究室「両輪の会」、一九九九年八月二三日

「芥川龍之介の童話（三）─神秘と自己像幻視の物語」
『両論』第三二号、神戸大学発達科学部浜本純逸研究室「両輪の会」、二〇〇〇年三月一五日

「芥川龍之介の童話（完）─神秘と自己像幻視の物語」
『両論』第四二号、神戸大学発達科学部浜本純逸研究室「両輪の会」、二〇〇四年一〇月三一日

「芥川龍之介と北原白秋─童心と神秘の視角から─」
『名古屋近代文学研究』第十六号、名古屋近代文学研究会、一九九八年一二月二〇日

「芥川龍之介が描いた少年少女─『トロッコ』と『少年』─」
『児童文学論叢』第四号、日本児童文学学会中部支部、一九九八年一一月二五日

「芥川龍之介　仙人と「婆婆苦」の世界」
『児童文学論叢』第一八号、日本児童文学学会中部支部、二〇一三年九月三〇日

あとがき

本書は、一九九九年に神戸大学に提出した修士論文に大幅な加筆改稿をしたものである。前著『芥川龍之介『近代日本文芸読本』と「国語」教科書　教養実践の軌跡』（渓水社、二〇一一・二）は、早稲田大学に提出した博士論文をもとに大幅改稿して刊行したものであり、これでようやく大学院における研究成果を公刊することができた。

神戸大学、早稲田大学では、ともに浜本純逸先生のご指導を受けた。前著のあとがきでも触れたので詳細は省くが、教育学部が発達科学部に改組され、大学院も総合人間科学研究科へと衣替えをしているときであった。浜本先生は、未熟な私を一回生として迎えてくださり、毎週の研究指導が始まった。「芥川龍之介の童話」をテーマに毎週一回報告するのはかなり苦しかったというのが本音であるが、今になってみると、私の人生のなかで最も多忙であった高校教員時代であったからやれたと実感する。執筆が遅れがちな私に「高い峰を築くと裾野が広くなる」「苦しいときは遠くを見よう」「資料に語らせる」「一日一行でも一文字でも書く」とつねに励ましてくださった浜本先生に心より感謝申しあげます。夜景の美しい神戸六甲、知的刺激に溢れた早稲田高田馬場は、私の終生の思い出の地となった。

本書の副題を「神秘と自己像幻視の物語」とした。「神秘」も「自己像幻視」も、ともに目に見えないものをかたちにすることで共通している。私たちが「神秘」に感じるのは、日常生活では視覚化されない現象があると考えるからであり、自分がもうひとりの自分のすがたを見るという「自己像幻視」も本来はありえないことである。

文学はもともと見えない心をかたちにしているのだと言ってしまえばそれだけであるが、なかでも芥川龍之介は、見えないものにすがたを与えることに拘った作家であると言えよう。とくに彼の関心は無意識に向いていた。少年少女小説でそれが顕著であることは本文で繰り返し触れたとおりである。童話でも、みずからの欲望や意志でさえもが意識されないままかたちになっていることを描いている。自分で欲望や意志が制御できないことはときとしてあることであり、後で気づいてみると実はそれが自分の欲望や意志であったと理解できるようになることがある。龍之介の場合は、この意識されないままに自分が作られていくということへの関心が「自己を問う」ということに繋がっていった。

このことは、教養を形成するという問題でも同じである。教養を深めるために本を読み、他者の言説に耳を傾けることは意識的な行為である。しかし、私たちはいつもそれを考えているわけではなく、意識せずに教養を身につけるときも少なからずある。学校教育でも、意識的に組織された正規のカリキュラムとは別に、ヒドゥンカリキュラムという意識されない学びの内容があると議論されることがよくある。つまり、実践とされることがらの多くには意識されない領域があり、その領域によっても自己は作られているのである。

龍之介は、それを文芸実践として示した。読者は、その実践のかたちである小説や童話に魅力を感じ、それを読みついでいくのである。私の芥川龍之介研究は、こうしてようやく緒に就いたところである。みなさまのご批正をお待ちしたい。

本書の刊行にあたり、学校法人石田学園の研究助成を受け、広島経済大学研究双書として刊行することができた。刊行をお許しくださった理事長の石田恒夫先生に心より御礼申しあげます。また、刊行に際して、多忙ななか審査・査読をしてくださった学内外の先生方、ご助力くださった地域経済研究所のみなさまに感謝申しあげます。

文末になったが、期日の限られたなかで的確な編集を行ってくださった翰林書房の今井肇社長、今井静江さんに厚くお礼申しあげます。

二〇一四年一月一五日

武藤清吾

林嵐「芥川龍之介小説『杜子春』について」 170
「老年」 10, 65, 102
ロバアト・ルイズ・スティヴンソン 57
『驢馬』 171

【わ】
「わが俳諧修業」 31
若山牧水 97
「私の出遭つた事」 10, 100, 101

文学教育研究者集団著・熊谷孝編『芥川文学手帖』 27, 115
「文学好きの家庭から」 32
「文芸雑話　饒舌」 35, 60
文芸実践 150
『文藝春秋』 6, 13, 20, 32
「文芸的な、余りに文芸的な」 64
『文章倶楽部』 32, 33
『文章世界』 44
冒険小説 33
「僕は」 147, 171
蒲松齢作 60
『渤海使と日本古代文学』 170
「本所両国」 102

【ま】
毎日新聞社 28
正岡子規 97
正岡子規『竹の里歌』 6
「魔術」 7, 10, 79, 101, 129, 133, 134, 135, 136, 155, 174
真杉秀樹『芥川龍之介のナラトロジー』 168, 170
松尾芭蕉 27, 64
松谷みよ子 59, 61
松本健一『神の罠―浅野和三郎、近代知性の悲劇』 60
「魔法つかひ」 87, 88, 91
「まる木橋」 74, 77, 78, 80
「蜜柑」 10, 100, 101, 103
「三つの宝」 7, 10, 11, 101, 155, 160, 161, 169
『三つの宝』 155
「三つの指環」 10, 11
宮坂覺 54
宮坂覺「芥川龍之介の罪意識―「白」「歯車」を中心として―」 172
宮坂覺「保吉の手帳から」 61
宮坂覺「「妖婆」論―芥川龍之介の幻想文学への第一章―」 171
宮沢虎雄 51
「妙な話」 166
三好行雄 114, 126, 152
三好行雄「〈御伽噺〉の世界で」 28, 169, 170
三好行雄「宿命のかたち―芥川龍之介における〈母〉」 115
三好行雄「小説家の誕生―「羅生門」まで」 30, 41, 59
『三好行雄著作集　第三巻　芥川龍之介論』 28, 59, 115, 169, 170
無意識 13, 20, 21, 97, 107, 108, 109, 110, 113, 114, 118, 140, 174, 175
「昔」 19
「紫天鵞絨」 65
室生犀星 45, 64
村松定孝編『幻想文学　伝統と近代』 171
『明治大正図誌』 42, 60
『明治大正文学研究』 169, 170, 172
「冥土」 52
目玉の松ちゃん 42, 43, 44, 46
もうひとりの〈わたし〉 134
もうひとりの〈わたし〉と出会う物語 129, 136, 144, 166, 168, 175, 177
もうひとりの〈わたし〉を発見する物語 119, 138
森本修 54
森本修『新考・芥川龍之介伝　改訂版』 61

【や】
「保吉の手帳」 53, 54
「保吉の手帳から」 53, 54, 55, 56, 59
柳川隆之介 65, 66
柳田国男 70
柳田国男「遠野物語」 33
山折哲雄『神秘体験』 17, 28
山敷和男「「杜子春」論考」 169
山梨県立文学館 60, 169, 170
山本喜誉司 33
百合 11, 102
妖変ブーム 42, 44, 46
吉井勇 65
吉田精一 65, 150
吉田精一『芥川龍之介』 65
「妖婆」 150, 151, 152

【ら】
「羅生門」 7, 22, 23, 26, 40, 41, 44, 139
「りす―小栗鼠」 67, 78
『聊斎志異』 34, 35, 60, 139, 149, 170
『流星』 33
『良婦の友』 11, 12, 101, 155
『両論』 168

『譚海』（『少年少女譚海』）　11, 12, 102
チャップリン　43
『中央公論』　11, 60, 102, 135, 150
中国古典　141
中国古典文学　137
中流下層階級　40, 41, 42, 150
張蕾　137
張蕾『芥川龍之介と中国―受容と変容の軌跡―』　170
「追憶」　13, 32, 33, 102, 109
追憶　13, 31, 85, 97, 102, 108, 110, 114
「月暈日暈」　87, 91, 93, 95
「月夜の虹」　87, 91, 95
恒藤（井川）恭　19, 34
恒藤恭『旧友芥川龍之介』　60
『罪と変容』　172
『帝国文学』　139
出口王仁三郎　51
伝吉の敵打ち　11, 102
「点鬼簿」　148
『点心』　60
『東京日日新聞』　19
「童心」　18, 80, 82, 83, 84, 88, 95, 96, 97, 98
童心童語　83
「童話」　14
童話劇　155
『徳島大学国語国文学』　170
徳田秋声　72, 98
徳田秋声『手づま使』　98
「杜子春」　7, 10, 79, 101, 129, 133, 136, 137, 139, 144, 145, 147, 149, 155, 165
『図書』　60
ドストエフスキー　167
ドッペルゲンガー　47, 48
ドッペルゲンゲル　45, 46, 47, 48, 167, 168, 171
「とほせんぼ」　74, 77, 78
冨田博之『日本児童演劇史』　155, 172
「トロッコ」　10, 11, 13, 27, 97, 101, 103, 106, 107, 108, 113, 114, 154
豊島与志雄　47, 52

【な】

長塚節　97
中村真一郎　65, 149
中村真一郎『芥川龍之介』　14, 27, 171
中村真一郎『芥川龍之介の世界』　65
中村真一郎「童話」　171
中村友「『女仙』考」　12, 27
夏目漱石　47,　139
滑川道夫「芥川龍之介の児童文学」　171
滑川道夫・菅忠道編『近代日本の児童文化』　60
成瀬哲生「大正四年七月の「仙人」―芥川龍之介と中国文学―」　170
西本秋生『北原白秋の研究』　97
二重人格　167, 168
『日本児童文学』　98
日本心霊科学協会　51
『日本文学』　169
『日本文学講座』　60
「日本昔噺」　112
『人間』　60
忍術映画　43
「沼地」　10, 101
葱　10, 101

【は】

『俳壇文芸』　31
『白秋童謡集』　81
「白獣」　36
「歯車」　97, 166, 168
八田三喜　172
「鼻」　7, 23, 26, 40, 41, 139
『春服』　155
パンの会　65
「ピアノ」　26
『比較文學研究』　172
樋口佳子「芥川龍之介「蜘蛛の糸」の「ブラブラ」を読む」　124, 169
『日の出界』　6, 33
「ひよつとこ」　7, 166
平岡敏夫「〈母〉を呼ぶ声―「南蛮寺」から「点鬼簿」まで―」　171
『藤女子大学国文学雑誌』　169
藤岡蔵六　19
藤田祐賢「「聊斎志異」の一側面―特に日本文学との関連において―」　170
「二つの手紙」　48, 119, 138, 166
「プラーグの大学生」　45
藤田圭雄　81
藤田圭雄『童謡論―緑の触覚抄―』　98
『文学』　27

佐伯昭定・鈴木哲夫「追憶」 13, 27, 115
酒井英行 123, 133, 157, 162
酒井英行『芥川龍之介　作品の迷路』 169, 172
酒井英行「芥川龍之介の童話―『魔術』・『杜子春』など―」 169
「魚と公園」 45
佐古純一郎『芥川龍之介の文學』 172
佐々木充 64, 65, 66, 98
佐々木充「龍之介における白秋」 65, 98
佐藤春夫 150
佐藤春夫「序に代へて―他界へのハガキ」 155
佐藤通雅「白秋における童心」 98
『サンデー毎日』 11, 12, 102, 169
式場隆三郎 172
「ジキル博士とハイド氏」 57
自己像幻視（ドッペルゲンゲル） 14, 36, 37, 46, 47, 48, 50, 118, 119, 135, 136, 137, 138, 149, 166, 167, 168, 171, 174, 175, 177
自己とは何か 14, 50, 80, 118, 127, 155, 157, 160, 176
自己の同一性 163, 164
自己の分裂と統合 14, 114, 144, 149, 166, 168, 174, 175
自己の分裂や結合 138
自己の分裂と統合の物語 118, 119, 128, 137, 138, 156, 160, 161, 166, 177
自己を問う 16, 118, 176
実相 83, 85, 86, 87, 88, 91, 96
実相観入 86
児童自由詩 95
『詩と音楽』 81
娑婆界 48, 49
「娑婆苦」 15, 37, 39, 40, 41, 42, 49, 50, 101, 109, 134, 138, 139, 140, 142, 144, 146, 147, 148, 149, 150, 159, 160, 165, 177
「侏儒の言葉」 6, 7, 20, 109
「侏儒の言葉（遺稿）」 21
「酒虫」 139
将軍 11, 101
象徴 6, 7, 14, 20, 79
『椒図志異』 34, 36, 40, 42, 60, 166
「少年」 10, 11, 13, 27, 97, 102, 103, 107, 108, 110, 114
「少年―海」 27
『曙光』 33
『女性改造』 11, 102
「女仙」 7, 10, 11, 12, 102, 133, 136, 137, 139, 142
白樺派 47
「白」 7, 10, 11, 79, 102, 161, 162, 165, 169, 176
「白い小猫のお伽噺」 10, 11
人格の分裂と統合 160
新感覚派 64
『新樹』 27
『信州白樺』 171
『新小説』 10, 60, 101
『新潮』 10, 11, 101, 102
神秘主義 42, 50
心霊科学研究会 48, 52
心霊学 42, 47, 48, 49, 80
「水滸伝」 33, 170
鈴木三重吉 7, 21, 44, 66, 71, 72, 73, 102, 169, 175
「スティイヴンソン君（仮）」 51
捨児 10, 101
ストリントベルヒ 167
須永朝彦編『日本幻想文学全景』 17, 28
青少年読書感想文全国コンクール 12, 22
関口安義 98
関口安義『豊島与志雄と児童文学　夢と寓意の物語』 61
関口安義編『生誕120年　芥川龍之介』 28
『剪燈新話』 35
「仙人」 7, 10, 11, 27, 102, 129, 133, 136, 137, 138, 139, 140, 141, 142, 143, 149, 169, 170
仙人の系譜 136, 137
「素描三題」 136

【た】
『大観』 11, 101
第三次『新思潮』 10, 65, 102
「対談・座談　芥川龍之介氏の座談」 166
「大導寺信輔の半生―或精神的風景画―」 41
第四次『新思潮』 139
立川文庫 43, 44
谷崎潤一郎「ハッサン・カンの妖術」 135
単援朝 137
単援朝「芥川龍之介・仙人の系譜―「仙人」「黄粱夢」「杜子春」」 169

影山恒男は、「「杜子春」と「トロッコ」をめぐって―芥川における人間的自然の位相―」 171
梶井基次郎「Kの昇天」 48
梶井基次郎 47
「片恋」 44, 45, 46
加太こうじ「あそび・玩具・見世物・その他」 43, 60
活動写真 33, 43, 44, 46
「河童」 48, 49, 97
勝原晴希 126
勝原晴希「『蜘蛛の糸』と小川未明『赤い蝋燭と人魚』」 169
「カリガリ博士」 45
「枯野抄」 26
川本三郎「映画の幻想性に惹かれて―芥川と映画―」 45
川本三郎『大正幻影』 171
『考える読書 第五八回青少年読書感想文全国コンクール入賞作品』 28, 60
犍陀多 23, 25, 107, 119, 121, 122, 123, 124, 125, 126, 127
『漢文学研究』 169
菊池寛 6
菊地弘・田中実編『対照読解 芥川龍之介〈ことば〉の仕組み』 169
岸規子「『魔術』小論」 169
北原白秋 18, 64, 65, 66, 67, 72, 74, 77, 78, 79, 80, 81, 82, 83, 85, 86, 88, 91, 95, 96, 97, 98, 128
『北原白秋全集』 97
北原白秋「童謡私観」 81, 82, 88, 96, 98
木下杢太郎 65
木俣修 64, 65, 66
木俣修「龍之介と白秋」 97
木俣修「芥川龍之介の白秋観」 64
木俣修「『桐の花』と龍之介」 64
木俣修『白秋研究Ⅱ―白秋とその周辺―』 97
邱雅芬 137
邱雅芬『芥川龍之介の中国―神話と現実―』 170
『局外』 11, 102
『桐の花』 65
近代合理主義 17, 134, 176
『近代日本総合年表』 44, 60
葛巻義敏 36, 60
葛巻義敏編『椒図志異』 59
久米正雄 139
「蜘蛛の糸」 7, 10, 16, 22, 23, 26, 27, 44, 69, 71, 72, 73, 101, 107, 119, 122, 123, 124, 126, 127, 128, 133, 152, 154, 155, 169
「苦楽」 48
黒須康之介 52, 53, 58
「黒潮」 48
畔柳都太郎 50
『慶應義塾大学創立百年記念論文集 文学』 170
『芸術時代』 166
ゲエテ 167
『源氏物語』 39
『現代文』 26
「現代民話」 61
小穴隆一 53
小穴隆一「跋」 155
『稿本近代文学』 169
「黄粱夢」 136, 137
「ゴーレム」 45
声の文化 126
声の文学 7
国語教科書 26
「国語教科書と芥川龍之介」 28
『国語国文研究』 98
『国語総合』 26
『国語表現』 27
『國文学』 17, 28, 169
『国文学 解釈と鑑賞』 171, 172
小島政二郎 71, 72, 73, 98
子供の病気 11, 102
「骨董羹」 35, 60
『古典』 27
『古典講読』 27
『語文』 60
小浜逸郎 106
小浜逸郎『大人への条件』 115
小浜逸郎『方法としての子ども』 174, 177
「今昔物語」 27, 35, 37, 38, 39, 40, 41, 149, 177
「今昔物語鑑賞」 34, 37, 40, 60, 140, 142, 159, 170

【さ】
斎藤茂吉 86, 97
「西遊記」 32, 33, 170

索　引

【あ】
「愛読書の印象」　33
「青空」　48
『赤い鳥』　6, 7, 10, 12, 21, 44, 66, 67, 69, 71, 72, 73, 74, 95, 98, 101, 102, 128, 153, 155, 169, 175
「赤い鳥小鳥」　75, 77, 78
「「赤い鳥」の標榜語」　66
『芥川龍之介Ⅰ』　98
『芥川龍之介資料集 2』　60, 170
『芥川龍之介新辞典』　168
『芥川龍之介全作品事典』　169
『芥川龍之介と現代』　171
『芥川龍之介必携』　61
「アグニの神」　7, 10, 101, 150, 151, 152, 153, 154, 155, 171, 172
浅井了以　35
浅野三千三　47
浅野和三郎　48, 50, 55, 56
アナトール・フランス「聖母の軽業師」　170
「あの頃の自分の事」　60
アンデルセン Fairy Tales　165
Ｅ・Ｓ・スティーブンソン　51
池上貴子「「女仙」小論」　12, 27
石割透　146, 170
石割透「杜子春」　171
「泉鏡花幻想文学誌」　17, 28
泉鏡花「化銀杏」　33
泉鏡花「眉かくしの霊」　48
一柳廣孝『〈こっくりさん〉と〈千里眼〉』　47, 60
伊東貴之「杜子春は何処から来たか？―中国文学との比較による新しい読み」　169
「犬と笛」　7, 10, 67, 69, 71, 73, 74, 78, 79, 80, 98, 101, 128, 152, 155
今泉真人「芥川文学と『杜子春』―特に龍之介の人間性にふれて―」　60
岩波書店編集部編『近代日本総合年表』　60
巌谷小波『少年世界』　6
巌谷小波『日本昔噺』　6
上田秋成　35
内田百閒　52
内田百閒『私の「漱石」と「龍之介」』　61
「馬の脚」　166
ＮＨＫ人間大学　61
海老井英次　110
海老井英次「『少年』論―〈原体験〉解消の追憶を中心に―」　115
海老井英次・宮坂覺編『作品論芥川龍之介』　171
『愛媛国文と教育』　172
『大鏡』　39
「大川の水」　102, 109
大阪府立国際児童文学館　12
大阪毎日新聞社　11
大島真木　165
大島真木「芥川龍之介と児童文学」　172
大高知児　154
大高知児「芥川龍之介「アグニの神」を中心として」　172
「おぎん」　11, 26, 102
尾崎瑞恵「芥川龍之介の童話」　27
小山内薫　72, 98
小山内薫『俵の蜜柑』　98
押川春浪　6, 33
越智良二　164
越智良二「芥川童話の展開をめぐって」　172
「オトギバナシ」　137, 139, 141, 143, 149, 169
お伽噺　6, 12, 17, 19, 108, 176
御伽噺　71, 72, 73, 158, 159, 160
尾上松之助　43, 44
「お祭」　86
恩田逸夫　133
恩田逸夫「芥川龍之介の年少文学」　169, 170, 172

【か】
海軍機関学校　11, 48, 50, 51, 52, 53, 54, 56, 57, 58, 59, 61
『解釈』　169
『改造』　11, 46, 48, 53, 54, 56, 101
回覧雑誌　33
『学苑』　27
「影」　46, 48, 119, 137, 166

【著者略歴】
武藤清吾（むとう・せいご）
1954年岐阜県生まれ　京都大学教育学部卒業　神戸大学大学院総合人間科学研究科博士課程前期課程修了　早稲田大学大学院教育学研究科博士課程後期課程単位取得退学　博士（教育学）現在、広島経済大学教授　日本児童文学者協会会員
著書『芥川龍之介編『近代日本文芸読本』と「国語」教科書　教養実践の軌跡』（渓水社、2011年、第35回日本児童文学学会賞特別賞）

広島経済大学研究双書第41冊

芥川龍之介の童話
神秘と自己像幻視の物語

発行日	2014年2月20日　初版第一刷
著　者	武藤清吾
発行人	今井　肇
発行所	翰林書房
	〒101-0051 東京都千代田区神田神保町 2-2
	電 話　(03)6380-9601
	FAX　(03)6380-9602
	http://www.kanrin.co.jp/
	Eメール● Kanrin@nifty.com
装　釘	須藤康子＋島津デザイン事務所
印刷・製本	メデューム

落丁・乱丁本はお取替えいたします

ISBN978-4-87737-361-0